CAI GEN TAN

aŭ
Maĉado de Saĝoradikoj

Verkita de HONG Yingming

esperantigita de WANG Chongfang

CAI GEN TAN aŭ Maĉado de Saĝoradikoj

인 쇄 : 2023년 3월 22일 초판 1쇄
발 행 : 2023년 3월 29일 초판 1쇄
지은이 : HONG Yingming
번역가 : WANG Chongfang
펴낸이 : 오태영(Mateno)
출판사 : 진달래
신고 번호 : 제25100-2020-000085호
신고 일자 : 2020.10.29
주 소 : 서울시 구로구 부일로 985, 101호
전 화 : 02-2688-1561
팩 스 : 0504-200-1561
이메일 : 5morning@naver.com
인쇄소 : TECH D & P(마포구)

값 : 12,000원(9USD)
ISBN : 979-11-91643-85-5(03820)

CAI GEN TAN

aŭ
Maĉado de Saĝoradikoj

Verkita de HONG Yingming

esperantigita de
WANG Chongfang

Eldonejo Azalea

Prononca ŝlosilo de la propraj nomoj en la traduko

La ĉinaj propraj nomoj latinigitaj laŭ la ĉina oficiala sistemo de transskribo povas esti prononcataj proksimume kiel la Esperantaj kun la jenaj esceptoj:

Konsonantoj:

ch = ĉ h = ĥ j = ĝj q = ĉj r = ĵ sh= ŝ

w = ŭ x = ŝj y = j zh = ĝ

Kombinoj de vokaloj:

ai = aj ei = ej ao = aŭ ou = oŭ ia = ja

ie = je iao = jaŭ iou = joŭ uo = ŭo uai = ŭaj

uei = ŭej uan = ŭan uang = ŭang

weng = ŭeng yu = ju ü = ju

u post j, q, x = ju

ENHAVO

Prononca ŝlosilo ·· 4

Antaŭparoleto ·· 6

Unua parto ·· 7

Dua parto ·· 86

Pri esperanta tradukinto ·························· 143

Letero el Ĉinio ·· 144

Antaŭparoleto

La libro Cai Gen Tan aŭ Maĉado de Saĝoradikoj estis verkita de HONG Yingming, kiu vivis dum la regperiodo de Wanli (1573—1620) de Ming-dinastio de Ĉinio.

La aŭtoro havis grandan estimon por konfuceismo, budhismo kaj taŭismo, kaj tial lia verko estas plena de maksimoj pri sinkulturado kaj vivfilozofio, kiuj sin bazas sur la doktrinoj de konfuceismo, budhismo kaj taŭismo. En efektiveco ĝi estas libro de aforismoj skribita en esea formo, traktanta ĉefe la temojn pri la homa deca kondutado. Per multaj signifoplenaj citaĵoj, originalaj rimarkoj kaj elegantaj esprimoj la libro klarigas profundajn verojn en simplaj vortoj kaj liveras abundajn materialojn por pripensado. Ĝi estis verkita por ordinaraj homoj penantaj sin plinobligi, kun la celo helpi al ili rekoni sian vivovaloron, hardi sian volon kaj fari sin entreprenemaj. La aŭtoro estis konvinkita, ke la sinnobligo estas atingebla per rigora sinkulturado, kaj tiucele oni bezonas antaŭ ĉio akiri al si saĝajn komprenojn pri la homa vivo kaj pri la rilatoj inter la homoj kaj inter la homo kaj la mondo. Jen kial la libro ricevis sian titolon "Maĉado de Saĝoradikoj".　　WANG Chongfang, la tradukinto

Unua parto

§001

Tiuj, kiuj severe gardas sian moralecon, suferas solecon nur dumtempan; tiuj, kiuj flate kroĉiĝas al potenculoj, estas destinitaj por senfina forlasiteco. Personoj filozofemaj rigardas ekster la aferojn de la mondo kaj direktas siajn konsiderojn al la postmorta reputacio. Ili preferas suferi solecon dumtempan, ol senfinan forlasitecon.

§002

Tiu, kiu havas malmulte da vivospertoj, estas apenaŭ makulita per aĉaĵoj de l' mondo; tiu, kiu estas multe vidinta la mondon, estas plenplena de artifikoj kaj ruzaĵoj. Tial, homo nobla preferas konservi siajn simplecon kaj krudecon, ol fari sin tro mondsperta kaj taktoplena, kaj preferas esti grandanima kaj tolerema, ol fari sin fleksiĝema kaj tro singarda pri bagatelaj aferoj.

§003

La koro de noblulo estas tiel serena, kiel la blua ĉielo, tiel klara, kiel la taglumo, ke ĉiuj aliaj neniel povas ĝin miskompreni; sed liaj talentoj estas tiel zorge gardataj, kiel juveloj altvaloraj, ke ilin ĉiuj aliaj ne povas facile ekkoni.

§004
Pura estas tiu, kiu tenas sin for de la potenco, riĉaĵoj kaj luksaĵoj, sed tiu, kiu tuŝas tiaĵojn kaj restas senmakula, estas eĉ pli pura. Nobla estas tiu, kiu ne konas ruzaĵojn kaj artifikojn, sed tiu, kiu konas tiaĵojn kaj trovas neinda ilin uzi, estas eĉ pli nobla.

§005
La ofta aŭdado de vortoj malagrablaj al la orelo kaj la ofta pensado pri aferoj malagrablaj al la koro, efikas kiel akriga ŝtono, sur kiu ni plibonigas nian naturon kaj kondutadon. Se ĉiu vorto aŭdita estas agrabla al la orelo, kaj ĉiu afero pripensata estas agrabla al la koro, tio egalas nur trempadi nian vivon en venenita vino.

§006
Kiam la vento furiozas kaj la pluvo torentas, eĉ la birdoj vee aspektas. Kiam la pluvo ĉesas kaj la vento mildiĝas, la herboj kaj arboj kreskas vigle en freŝa suno. El tio ni povas ekkompreni, ke en la naturo neniu tago povas esti sen paca

momento, kaj en la homa koro neniu tago povas esti tute sen ĝojo.

§007

Vera gusto ne kuŝas en aroma likvoro, nek en rafinitaj pladoj; ĝi estas nenio alia ol la preskaŭa sengusteco. Homo, kiu atingis la perfektecon de virto, ne kondutas mirinde, nek elstaras super aliaj. Li troviĝas nur inter la ordinaruloj.

§008

Kvankam la universo ŝajnas esti en kvieteco, tamen ĝiaj elementoj estas en konstanta movado. La suno kaj luno rondkuras tage kaj nokte kaj verŝas eternan lumon sur la teron. Simile, la klera homo sentas sin pelata de urĝeco eĉ dum senokupeco, kaj scias trovi ĝuon de ripozo eĉ en sia ĉiutaga klopodado.

§009

En la nokta silento, kiam homo sidas sola en meditado, li ekhavas la senton, ke ĉiaj malbonaj ideoj malaperas, kaj nur la pura sereneco regas en lia menso. Ĉiufoje, kiam tio okazas, li multe ĝuas la naturan inspiron, kiu venas el lia vera interno. Sed baldaŭ, ekkonstatante la realecon, li ree sentas, ke por li ja estas malfacile ĵeti flanken la malbonajn pensojn, kaj tiam hontege lin ekkaptas.

§010
Favoro ricevita plejofte alportas malfeliĉon, tial, en tempo de memkontenteco, oni nepre ne lasu sin kapturni de tio, kion oni atingis. Sukceso povas sekvi post malsukceso, tial oni nepre ne rezignu ĉion, kio estas kontraŭ la deziro.

§011
Tiu, kiu prenas nefajnajn nutraĵojn kaj simplajn trinkaĵojn, plejofte estas klara kiel glacio kaj pura kiel jado; tiu, kiu vestas sin en silko kaj nutras sin per delikataĵoj, emas humiliĝi kun fleksitaj genuoj kaj sklaveca mieno. Tial la homaj aspiroj povas sin montri nur en la kora pureco kaj en la malmultigo de la deziroj, dum la alta moraleco povas facile perdiĝi en la ĝuado de ĉetablaj plezuroj.

§012
En via kondutado kontraŭ aliaj, estu larĝanima kaj tolerema, ke neniu povos havi plendon kontraŭ vi. Tiamaniere viaj grandanimaj agoj

transvivos vian morton, meritante senliman dankemon de la mondo.

§013
Irante sur mallarĝa vojeto, faru paŝon flanken, por ke aliaj povu pasi. Ĝuante bongustaĵon, apartigu parton el ĝi, por ke aliaj dividu kun vi la plezuron. Jen por vi la plej agrabla maniero konduti en la mondo.

§014
Por vivi kiel vera homo, oni bezonas neniajn brilajn talentojn; se oni nur liberigas sin de vulgaraj deziroj, tiam oni povos esti kalkulata inter la eminentuloj. Por progresadi en studado, oni bezonas nenian specialan metodon; se oni nur liberigas sin de materialaj pensoj, kiuj ĝenas la menson, tiam oni povos eniri en la regnon de la saĝuloj.

§015
Por amikiĝi kun aliaj, oni bezonas iom da kavalireco. Por esti vera homo, oni devas konservi puran koron.

§016

Por konkuri pri favoro kaj profito, ne estu antaŭe de aliaj; por fari al vi virton kaj akiri meritojn, ne estu malantaŭe de aliaj. Ĝuante la vivon, ne postulu pli ol kiom decas al via rango kaj situacio; kulturante la moralan karakteron, ne ĉesu antaŭ ol via plej granda penado estas farita.

§017

En la kondutado kontraŭ aliaj, montri sin cedema estas maniero plej prudenta, ĉar retroiri unu paŝon estas fari preparon por sia posta antaŭeniro. Trakti aliajn indulgeme estas parto de sia propra feliĉo, ĉar profitigante aliajn oni metas la fundamenton por sia estonta profito.

§018

Kiel ajn granda estas la merito, aroganteco ĝin nuligos; kiel ajn nepardonebla estas la krimo, pento ĝin kompensos.

§019

Akirinte bonan reputacion kaj atinginte altan moralecon, vi devas dividi ilin kun aliaj anstataŭ gardi ilin nur por via egoisma posedo; tiamaniere vi povos forteni vin de estontaj danĝeroj. Ne ĉiujn hontindaĵojn kaj malbonan reputacion vi devas forpuŝi sur aliajn, sed parton el ili vi atribuu al vi mem; tiamaniere vi povos kaŝi viajn talentojn kaj plialtigi vian virton.

§020

Kion ajn mi faras, mi devas lasi parton neplenumita, tiam la Kreinto ne envios min, nek la fantomoj kaj spiritoj faros malutilon al mi. Se, dum la kulturado de mia morala karaktero, mi strebus al la plena perfekteco, kaj, dum mia penado akiri al mi meritojn kaj honoron, mi direktus min rekte al la plejsupro, tiam, eĉ se mi ne elvokus ian internan malfeliĉon, mi certe kaŭzus al mi eksteran katastrofon.

§021

Oni devas havi veran kredon en la hejmo kaj verajn kondutregulojn en la ĉiutaga vivo. Se oni kondutas sincere kaj afable, kun rideta mieno kaj ĝentilaj vortoj, tiam estos nenia malkonkordo nek fremdeco inter la familianoj, kaj iliaj interesoj plene akordos. Tio estos miloble pli bona, ol sidi en meditado kiel la budhano, aŭ ol praktiki spirekzercon kaj memobservon de la konscienco.

§022

Tiu, kiu estas moviĝema, povas esti kiel fulmo trakuranta nubojn, aŭ kiel kandela flamo flagranta en la vento. Tiu, kiu estas kvietema, povas esti kiel mortinta cindro aŭ sekiĝinta arbo. La esenco de la Taŭo kuŝas en tio, ke en moveco estu trovita senmoveco, kaj en senmoveco estu moveco. Moveco kaj senmoveco estas en harmonio unu kun la alia, tiel same kiel milvo traflugas nubojn lante flosantajn, aŭ kiel fiŝo saltas super la kvietan akvon de lageto.

§023

Riproĉante iun pri liaj kulpoj, ne estu tro severa kontraŭ li: vi devas konsideri lian ofendiĝemon. Admonante iun korekti sian konduton, ne donu al li tro altan celon: vi devas konsideri lian kapablon ĝin atingi.

§024

Nenio estas pli malpura ol la larvo en sterko, sed ĝi povas turniĝi en cikadon, kiu trinkas la puran aŭtunan roson. Putra herbo ne havas brilon, sed ĝi povas doni vivon al lampiro, kiu eligas ek-ek-briletojn en someraj noktoj. El tio ni do povas ekscii: puraĵoj povas estiĝi el malpuraĵoj, kaj brileco ofte venas el la mallumo.

§025

Aroganteco kaj fanfaronado estas la rezulto de malbonaj influoj de ekstere. Se tiaj influoj estas subpremataj, tiam sanecaj tendencoj povos plivigliĝi. Pasiaj deziroj kaj konfuzaj ideoj venas el nenormalaj kaj malvirtaj pensoj; nur senigite je tiaj malbonaj pensoj, oni povas havi sian veran naturon retrovita.

§026

Se oni meditas pri la gusto de nutraĵo post satmanĝo, malaperas tute la agrabla sento de la ĝuo de diversgustaj frandaĵoj. Se oni remaĉas la pensojn pri karnaj plezuroj post satiĝo je amorado, la sceno de nuda sekskuniĝo ne estas plu tiel forte ekscitanta. Tial, se oni povas uzi rimorsan penton pri sia farita kulpo, por dispeli konfuzitecon ĉe estonta misago, tiam oni havos sian naturon refirmigita kaj ne plu kulpos misagojn.

§027

Tiu, kiu okupas gravan regnoficistan postenon, devas nutri sian spiriton per la simplaj pensoj de ermito, kiu vivas en montoj kaj arbaroj. Tamen la ermito, kvankam loĝanta en izoliteco, neniel devas forlasi la altan ambicion kaj la kapablon servi al la regno.

§028
Vivante en la mondo, oni ne esperu akiri al si meritojn; se oni nur ne faras erarojn, oni akiras meritojn. Donante bonfarojn al aliaj, oni ne esperu dankojn pro tio; se oni nur ne vekas rankoron ĉe aliaj, tio estas dankemo sufiĉa.

§029
Peni fari bonajn agojn estas bela virto. Sed se oni trolacigas sin en la procezo, tiam oni ne povos ĝojigi sian koron per tio. Rigardi kun indiferenteco riĉecon kaj potencon estas nobla kvalito. Sed se oni staras tro aparte de mondaj aferoj, tiam oni ne povos doni helpojn al homoj, nek alporti utilon al la mondo.

§030
Juĝante personon, kiun trafis malfeliĉo kaj ruiniĝo, oni devas konsideri liajn originajn aspirojn kaj ambiciojn. Juĝante personon, kiu ŝajne jam atingis sukceson, oni devas ekzameni

lian finan situacion.

§031

Homo riĉa kaj altranga devas esti grandanima, kaj neniam esti enviema, nek avara; ĉar alie li agos kiel homo malriĉa, kaj kiel do li tiam povus efektive ĝui sian riĉecon? Saĝa klerulo devas esti modesta kaj humila, kaj ĉiam teni siajn talentojn kaŝitaj. Se li paradas per ili, tiam li agos kiel stultulo, kiel do li povus ne sin ruinigi en la fino?

§032

Nur malsuprenirinte sur malaltan lokon, oni povas ekkoni la danĝeron de ascendo al alta loko. Nur sin trovante en mallumo, oni konstatas, kiel forte blindigas la okulojn la brilo. Alkutimiĝinte al kvieteco, oni eksentas la lacecon de troa moviĝado; kaj nur tiu, kiu estas kulturita al silentemo, abomenas la malagrablecon de babilado.

§033

Forpelinte el sia koro la pensojn pri riĉeco kaj rango, oni povas liberigi sin de la vulgareco de la mondo. Forĵetinte el sia menso la ideojn pri virto kaj moraleco, oni povas eniri en la subliman regnon de perfekta belo.

§034

Deziro pri famo kaj riĉeco ne nepre malutilas al la naturo de homo; estas la troa memfido, el kiu estiĝas malutilo al la homa koro. Belaj muzikoj kaj karnaj plezuroj ne nepre malhelpas al homo perfektigi sian virton; estas la misuzo de lia saĝo, kiu metas obstaklon inter li kaj lia perfektiĝo.

§035

La homaj sentoj kaj la mondaj aferoj estas en konstanta ŝanĝiĝado, kaj la vivovojo estas malglata kaj malebena. Sin trovante en seneliro, oni devas scii retroiri unu paŝon, kaj venante al libera vojo, oni devas scii fari vojon ankaŭ al aliaj.

§036

En kondutado kontraŭ malnoblulo la malfacilo kuŝas ne en troa severeco, sed en sindeteno de malamo al li. En kondutado kontraŭ altranga noblulo la malfacilo kuŝas ne en respekta sinteno, sed en konformigo de la respekto al la deco.

§037

Estas pli bone, ke oni konservu la simplecon de

sia naturo kaj evitu artifikecon kaj ruzecon, ĉar per tio oni lasos ian puran influon al la mondo. Estas pli bone ankaŭ, ke oni turnu la dorson al luksa vivo kaj trovu plezuron en la simpleco kaj kvieteco, ĉar per tio oni lasos belan nomon al la mondo.

§038

Por konkeri la demonojn, kiuj venenas viajn pensojn, vi devas antaŭ ĉio konkeri la perversecon en via koro. Se vi estos tion farinta, la demonoj timtremos kaj vin obeos. Por bridi malmoderajn tendencojn, vi devas antaŭ ĉio regi vian impulsiĝemon. Se via koro estos en trankvilo kaj via vivo en harmonio, la eksteraj elementoj maltrankviligaj ne plu eniĝos en vian naturon.

§039

Instrui junajn estas kiel eduki knabinojn en buduaro: plej grave estas instrui al ili, kiel dece teni la ĉiutagan vivon hejme kaj kiel esti saĝa en amikiĝo kun aliaj ekstere. Kontaktiĝi kun aĉulo estas kiel semi malbonan semon en bona kampo - tiuokaze oni neniam rikoltos bonan grenon.

§040

Kiam vi havas ian deziron, ne facilanime ĝin plenumu nur pro oportuneco; se vi tiel agos, vi falos en profundan abismon. Kiam vi serĉas la veron, ne faru eĉ la plej malgrandan retroiron pro malfacilo; se vi tiel agos, vi apartigos vin je mil montoj for de la celo serĉata.

§041

Se iu grandanime traktas sin mem kaj ankaŭ aliajn kun konsideroj, tiam ĉie ĉirkaŭ li regas grandanimeco. Se iu malgrandanime traktas sin mem kaj ankaŭ aliajn sen konsideroj, tiam ĉie ĉirkaŭ li regas malgrandanimeco. Tial la noblulo devas eviti en sia ĉiutaga vivo kiel troan konsideremon, tiel ankaŭ troan indiferentecon.

§042

Aliaj havas riĉaĵojn; mi havas spiriton nutritan per moraleco kaj virto. Aliaj havas altan rangon; mi havas senton de justeco. La noblulo, kiu penas perfektigi sian virton, ne devas esti katenita per alta rango kaj grasa salajro. La homo ja kapablas konkeri la Ĉielon, kaj liaj pensoj kaj sentoj povas atingi ien ajn, kien lia volo ilin direktas; tial la noblulo neniel devas esti nur kiel vazo, kiun formis la Ĉielo.

§043

Peni atingi sukceson sen doni al vi altan celon estas kiel forskui polvon de via vesto en polva aero aŭ kiel lavi viajn piedojn en kota flako. Kiel do vi povas tiamaniere senigi vin je la vulgareco? En via kondutado en la mondo, se vi ne faras cedojn, vi estas kiel nokta papilio fluganta en kandelflamon aŭ kiel virkapro kaptiĝanta per la korno en plektobarilo. Kiel do vi povas tiamaniere trovi pacon kaj kontentecon en la vivo?

§044

Tiu, kiu sin dediĉas al lernado, devas kolekti siajn distritajn pensojn kaj koncentri sin sur la studojn. En la kulturado de virto, se la celo estas nur akiri riĉaĵojn kaj famon, la atingoj certe fariĝos vantaj. En la studado, se la tuta intereso kuŝas nur en la recitado de versaĵoj kaj aprezo de beletraĵoj, tiuokaze ankaŭ la pliprofundiĝo fariĝos neebla.

§045

Ĉiu posedas grandan kompatemon. Buĉistoj kaj ekzekutistoj, same kiel la sankta Vimalakirti[1], egale havas tiun ĉi inklinon en sia naturo. Ĉie en la mondo ni povas trovi bonan humoron veran, egale ĉu en luksa domego aŭ en modesta dometo. Nur la avido kaj karna deziro obskurigas nian koron, ke ni preterlasas la grandan kompatemon kaj la bonan humoron. Kvankam la okazo jam sin prezentas al ni vizaĝ-kontraŭ-vizaĝe, tamen en efektiveco ni estas disigitaj for de ĝi je mil lioj!

§046
Por perfektigi sian virton kaj kulturi sin laŭ la Taŭo, oni devas havi menson rezisteman al eksteraj allogoj, kvazaŭ ĝi estus el ligno aŭ ŝtono. Se oni estas facile tentata de profito kaj famo, oni enkaptiĝos en la reto de materialaj deziroj. Tial tiu, kiu deziras savi la mondon kaj fari bonon al sia regno, devas havi la temperamenton de vaganta bonzo. Se oni estas obsedata de pensoj pri famo kaj riĉeco, oni certe falos en abismon de danĝeroj.

§047
Ne nur la agoj kaj vortoj de bona homo estas serenaj, eĉ en la sonĝoj lia spirito estas en harmonio kaj kvieteco. Koncerne homon

---

1) Vimalakirti: Persono en budhismaj sutroj, samtempa kiel Ŝakjamunio.

malbonan, ne nur liaj agoj estas ferocaj kaj violentaj, eĉ liaj paroloj kaj ridoj perfidas murdemon.

§048

Kiam la hepato suferas malsanon, la okuloj malklariĝas. Kiam la renoj suferas malsanon, la aŭdado difektiĝas. Kvankam la perturboj estas en lokoj nevideblaj, tamen la simptomoj estas percepteblaj por ĉiuj. Tial, se noblulo volas, ke neniaj kulpoj liaj manifestiĝu en lokoj videblaj por ĉiuj, li devas antaŭ ĉio certigi, ke nenio misa estu ĉe li en lokoj kaŝitaj for de la homaj okuloj.

§049

Nenia feliĉo estas pli granda ol havi malmulte da zorgoj. Nenia malfeliĉo estas pli granda ol havi suspektemon. Nur la homo premata de zorgoj scias, ke malmulte da zorgoj alportas feliĉon, kaj nur la homo kun trankvila menso scias, ke suspektemo alportas malfeliĉon.

§050

En la tempoj de paco la kondutado de homoj devas esti kvadrateca; en la tempoj de malordo ĝi devas esti rondeca; kaj kiam la regno dekadenciĝas, la agoj de homoj devas esti kaj kvadratecaj kaj rondecaj. Traktante bonulojn, oni devas esti tolerema; traktante malbonulojn, oni devas esti severa; kaj traktante homojn ĝenerale, oni devas esti kaj tolerema kaj severa.

§051
Oni devas forgesi siajn bonfarojn donitajn al aliaj kaj samtempe ĉiam teni en la menso siajn kulpojn kontraŭ aliaj. Oni ne devas forgesi la bonfarojn, kiujn oni ricevis de aliaj, kaj la rankoron kontraŭ aliaj oni tamen ne povas ne forviŝi el sia memoro.

§052
Vera bonfaranto ne rigardas sin kiel donanton de bono, nek aliajn kiel ĝiajn ricevantojn. Malgranda mezuro da rizo donacita en tia animstato valoras tiom, kiom tuta grenejo. Sed kiam almozdonanto esperas rekompencon por sia malavaro, eĉ se li fordonas kvantegon da oro, ĝi valoras apenaŭ unu kupreron.

§053
Ĉiu havas siajn proprajn ŝancojn. Unuj sukcesojn atingas, aliaj malsukcesojn suferas. Kiel do oni

povas certigi sin, ke oni mem sola sukcesos? Ĉiu kondutas iafoje racie, alifoje neracie. Kiel do oni povas postuli, ke aliaj ĉiam sekvu raciecon? Tiu ĉi rezonado povas esti rigardata kiel racia metodo de memekzameno.

§054

Por studi la verkojn de antikvaj saĝuloj oni devas havi puran moralan karakteron. Alie, oni agus kiel malbonulo, kiu ŝtelus bonajn agojn de la antikvaj induloj, por atingi siajn malhonestajn celojn, kaj citus iliajn saĝajn vortojn, por kaŝi siajn malbonajn agojn. Tio ja egalus provizi malamikojn per armiloj aŭ banditojn per nutraĵoj.

§055

Tiu, kiu diboĉas en riĉa lukso, neniam estas kontentigita, dum la ŝparemulo, kiu havas ne sufiĉe, tamen havas pli ol bezone. Kiel multe pli riĉa la ŝparemulo estas, ol la diboĉulo! Kapablulo, kiu tro pene laboras, tamen vekas nur ĝeneralan envion, dum la mallertulo vivas komfortan vivon kaj konservas sian kunnaskitan naturon. Kiel multe pli saĝa la mallertulo estas, ol la kapablulo!

§056

Tiu, kiu faras studojn sen trapenetri la sagacon de saĝuloj, egalas nuran kopiiston. Tiu, kiu okupas postenon de regna oficisto sen ami la ordinaran popolon, egalas rabiston en regnoficista vesto. Fari predikadon pri moralo sen doni personan ekzemplon estas kiel konduto de bonzo, kiu simple recitas sutrojn sen kompreni iliajn signifojn. Kariero sekvata sen konsideri plenumadon de virtaj faroj estas pasema kiel floroj, kiuj floras kaj mortas antaŭ niaj okuloj.

§057

En ĉies koro estas vera libro. Sed ĝi estas ŝirita kaj nekompleta, kaj ĝiaj mesaĝoj estas nebuligitaj. Profunde en ĉies spirito estas bela melodio, sed ĝi estas obtuzigita de lascivaj tonoj. Tiu, kiu serĉas sciojn, devas rezisti al ĉiaj eksteraj materialaj tentoj kaj peni serĉi la esencon de la homa naturo. Nur tiel li povos akiri vere utilajn sciojn.

§058

Ĝojo estas ofte trovata meze de malgajoj, kaj malgajo povas estiĝi en dezirplenumo.

§059

Se la riĉo, rango kaj reputacio venas el alta virto, ili estas kiel sovaĝaj floroj, kiuj floras nature kaj libere sur montoj kaj en arbaroj; Se ili estas la rezulto de ies meritoj, ili estas kiel floroj kultivataj en bedo, kiuj havas tempon por flori kaj tempon por velki. Se ili estas fruktoj de manipulado de potenco, ili estas kiel floroj kreskigataj en potoj: iliaj radikoj estas ne profunde enradikiĝintaj, kaj ili simple atendas la tagon de forvelko.

§060

Kiam printempo venas, la vetero mildiĝas. Floroj floras tapiŝante la teron, kaj la birdoj kantas belajn laŭdkantojn. Se klerulo, kiu feliĉe trovis sian nomon sur la listo de la sukcesintaj kandidatoj al la imperia ekzameno kaj vivas en abundeco, ne turnas sian atenton al verkado de bonaj libroj, nek al plenumo de bonaj faroj, eĉ se li vivus cent jarojn, lia vivo ne estus pli multe signifa, ol la vivdaŭro de malpli ol unu tago.

§061

Klerulo devas havi ne nur diligentemon sed ankaŭ elegantajn gustojn. Se li konstante bridus siajn pensojn kaj agojn per rigoreco, tiam li, kiu estus kvazaŭ en kadukeco de severa malfrua aŭtuno, estus tute senigita je printempa vigleco. Kiel do li povus tiuokaze helpi prosperigi la universon?

§062

La vere honesta homo ne penas akiri al si reputacion de honestulo; nur la avidulo avidas tian reputacion. La vere granda lertulo ne uzas artifikojn; nur mallertulo faras tian uzon por kaŝi sian mallertecon.

§063

La ĉji[2]-vazo renversiĝas tiam, kiam ĝi estas plenigita per akvo. La argila ŝparmonujo restas nedifektita tiam, kiam ĝi ne estas plenigita per mono. Tial, la noblulo preferas senagadon[3] al

---

2) Ĉji-vazo: vazo uzata por teni akvon en la antikva Ĉinio. Kiam ĝi estis malplena, ĝi kliniĝis, kaj kiam ĝi estis ĝisrande plenigita per akvo, ĝi tuj renversiĝis. Nur kiam ĝi estis duone aŭ preskaŭ plena de akvo, ĝi povis stari vertikale kaj stabile. Jen kial ĝi estis destinita por esti metita ĉe la dekstra flanko de imperiestro en la antikveco, por averti lin kontraŭ memkontenteco.

3) Senagado: la "senagado" estas unu el la plej gravaj nocioj en la filozofio de Laŭzi, kiu signifas fari nenian agon kontraŭan al la naturo. Laŭ Laŭzi ĉiu afero en la universo devas disvolviĝi laŭ la leĝoj de sia propra naturo sen interveno de eksteraj volo kaj forto, kaj tial oni devas en sia vivo kaj siaj sociaj aktivecoj lasi la aferojn sekvi sian naturan vojon de disvolviĝo sen homa interveno kaj fari nenion nenecesan, nek agi senbride aŭ altrude, kaj nur tiu, kiu profunde komprenas la signifon de "senagado" kaj sekvas la leĝojn de la naturo, povas atingi

konkurado, kaj nekompletecon al plena kompleteco.

§064

Tiu, kiu ne plene forigas el si la radikojn de famo kaj riĉeco, eĉ se li malŝatas grandegan riĉecon kaj prefere vivas simplan vivon, finfine ne povos esti libera de la monda vulgareco. Tiu, kiu ne plene forigas el sia naturo ĉiajn malbonajn influojn eksterajn, eĉ se liaj bonfaroj etendiĝas al la tuta mondo kaj meritos dankojn dum dek mil generacioj, finfine pruviĝos ne pli ol faranto de artifikaj gestoj vanaj.

§065

Se homo havas pensojn helajn kaj klarajn lia koro estas brila kiel taglumo eĉ tiam, kiam li estas en malluma loko. Sed se liaj pensoj ne estas helaj, nek klaraj, lia koro estas obsedata de malbonaj spiritoj eĉ tiam, kiam li estas en la sunlumo.

§066

Oni scias, ke famo kaj rango alportas feliĉon al homoj, sed oni ne scias, ke la plej feliĉaj homoj

plenan sukceson kaj tiel proksimiĝi al la Taŭo.

estas tiuj, kiuj havas nek famon, nek rangon. Oni scias, ke malsato kaj malvarmo estas la kaŭzo de maltrankvilo, sed oni ne scias, ke ekzistas la kaŭzo de alia maltrankvilo eĉ pli granda.

§067
Se homo faras malbonon kaj timas, ke aliaj ĝin ekscios, tio montras, ke malgraŭ sia malbonfaremo li tamen havas konsciencon. Se homo faras bonon kaj deziregas, ke aliaj ĝin eksciu, tio montras, ke en lia bonfaremo kaŝiĝas emo al malbono.

§068
La volo de la Sinjoro de Ĉielo, kiu regas la universon, estas nesondebla. Iafoje ĝi igas homon barakti kontraŭ malfeliĉo, alifoje ĝi donas al li favorajn cirkonstancojn. Tio montras, ke Ĉielo havas la potencon krei aŭ rompi heroojn kaj elstarulojn. Se noblulo povas elteni portempan malsukceson, kiun li suferas, kaj se li tenas en la menso la eblan alproksimiĝon de danĝero en tempoj de sekureco, tiam eĉ la Sinjoro de Ĉielo estas senpova kontraŭ li.

§069
Kolerema homo estas kiel arda flamo; kion ajn

li renkontas, tion li kvazaŭ volas ekbruligi. Homo sen bonfaremo estas kiel malvarma glacio; kion ajn li renkontas, al tio li volas kruele fari malutilon. Homo obstina kaj rigida estas kiel stagnanta akvo aŭ putra ligno, kiu jam perdis la tutan vivoforton; kion ajn li faras, li trovas neebla akiri al si meritojn kaj daŭrigi sian feliĉon.

§070
Feliĉo ne estas serĉebla; nur konservante en si la bonan humoron, oni povas alvoki ĝin al si. Malfeliĉo ne estas evitebla; nur forigante el si ĉiajn intencojn malutili aliajn, oni povas forteni sin de ĝi.

§071
Se el dek diroj naŭ estas ĝustaj, oni ne nepre laŭdos vin kiel geniulon; kontraŭe, oni ĵetos mallaŭdojn sur vin nur pro la diro malĝusta. Se vi faras dek planojn kaj naŭ el ili sukcesas, oni ne nepre laŭdos vin pro via sagaco; kontraŭe, oni ĵetos riproĉojn sur vin nur pro la plano malsukcesa. Jen kial la noblulo gardas sian silenton kaj evitas facilanimajn agojn, kaj preferas ŝajni stulta ol saĝa.

§072

Kiam estas varme, la varmo akcelas la kreskadon de ĉiuj estaĵoj; kiam estas malvarme, la malvarmo malvigligas la vivoforton de ĉiuj estaĵoj. Tial tiu, kiu estas malvarma en la naturo, ricevas malmulte el sia vivoĝuo, dum tiu, kiu estas varma en la naturo, ĝuas abundan feliĉon kaj ricevas konstantan fluon de boneco.

§073

La vojo de la Ĉiela justeco estas larĝa; se via koro estos inklina, eĉ nur iomete, sekvi tiun vojon, tiam vi trovos vin pli grandanima kaj optimisma. La vojo de la homa deziro estas mallarĝa; se vi iam riskos ekiri sur ĝin, tuj vi vidos nenion alian ol dornajn arbetaĵojn kaj koton antaŭ vi.

§074

Ripetada sinhardado per alterno de ĝojo kaj malĝojo ebligas al homo ĝui longedaŭran feliĉon. Ripetadaj esploroj kaj kontroloj en la procezo de dubo al kredo kaj de kredo al dubo ebligas al homo akiri verajn sciojn.

§075

La homa koro devas esti libera de ĉiaj materialaj deziroj, por ke ĝi povu esti loĝata de justeco kaj honesteco; la homa koro devas esti plena de justeco kaj honesteco, por ke neniaj materialaj deziroj povu ĝin invadi.

§076

Vivaj estaĵoj abunde naskiĝas en malpuraj lokoj. Neniaj fiŝoj estas trovataj en akvo tro klara. Tial, la noblulo devas esti larĝaspirita kaj tolerema. Li ne devus admiri sian absolutan animpurecon, kiu lin izolus.

§077

Ardema ĉevalo povas esti dresita por rajdo. Gutoj de fandita metalo elŝprucigitaj finfine estas enigitaj en muldilon. Tiu, kiu estas mallaborema kaj tute ne havas entuziasmon, faros nenian progreson dum sia vivo. Iam diris la ermito Baisha[4]: "Fari erarojn estas parto de homa naturo kaj ne devas esti kaŭzo por honto. Tio, kio pleje maltrankviligas min, estas nenio alia, ol ke mi

---

4) Baisha: klerulo de Ming-dinastio,1368-1644, nomata Chen Xianzhang. Ĉar li vivis kiel ermito en Baishali en orienta Xinhui, Guangdong-provinco, li estis vaste konata kiel S-ro Baisha.

havus neniajn erarojn malkaŝitaj dum mia tuta vivo." Kiel pravaj estas liaj vortoj!

§078

Se nur iometo da avideco kaj egoismo eniras en la kapon de homo, lia antaŭa ŝtaleca naturo fariĝos mola kaj malforta, lia inteligenteco ŝtopiĝos kaj lia kapo konfuziĝos, lia kompatemo fariĝos krueleco, lia pura spirito kotiĝos, kaj la virto, kiun li akumulis dum sia vivo, vane perdiĝos. Jen kial la antikvuloj rigardas "Ne estu avida" kiel altvaloran maksimon por kulturado de la morala karaktero, kaj per ĝi ili penis venki siajn troajn materialajn dezirojn dum la tuta vivo.

§079

La oreloj povas aŭdi lascivajn sonojn; la okuloj povas esti blindumitaj de beleco. Tiuj ĉi du estas malamikoj entrudiĝantaj de ekstere, dum sentoj kaj deziroj estas malamikoj kaŝiĝantaj interne. Se vi ĉiam estas la mastro de vi mem kaj fidelas al viaj principoj, ĉiam tenante vin viglatente kontraŭ tiuj ĉi malamikoj, tiam la malamikoj fariĝos viaj servistoj kaj helpantoj.

§080

Pli bone estas konservi kaj etendi kion vi jam atingis, ol plani estontajn taskojn necertajn. Pli bone estas gardi sin kontraŭ eraroj estontaj, ol malŝpari sian tempon bedaŭrante la antaŭajn.

§081

La spirito de homo devas esti alta kaj larĝa, sed ne senbrida. Liaj pensoj devas esti detalemaj kaj subtilaj, sed ne pedantaj. Liaj temperamento kaj interesoj devas esti kvietaj kaj simplaj, sed ne sengustaj. Liaj agoj devas esti honestaj kaj bonordaj, sed ne ekstremaj.

§082

Kiam la vento ekblovas tra inter maldense kreskantaj bambuoj, ĝi aŭdigas susurajn sonojn. Sed tuj kiam ĝi pasas, ĝi postlasas nenian sonon, kaj silento denove regas inter la bambuoj. Kiam sovaĝa ansero superflugas lageton en vintro, ĝia reflektita bildo estas vidata en la akvo. Sed tuj kiam la ansero pasas, ĝia reflektita bildo malaperas. Tial la noblulo montras sian naturan dispozicion nur tiam, kiam li koncentras sin sur la aferon, kiu sin prezentas. Sed kiam la afero jam apartenas al la pasinteco, lia menso revenas al la kvieteco kaj ripozo.

§083

Havi koron puran kaj honestan kaj tamen esti tolerema al ĉiu kaj ĉio; havi bonkorecon kaj tamen kapabli rezolute fari decidojn; havi klaran vidadon kaj tamen povi sin deteni de juĝoj tro severaj; esti honesta kaj malkaŝema kaj tamen scii sin regi por ne transpasi siajn proprajn limojn. Ĉio ĉi tio estas kiel konfitaĵoj ne tro dolĉaj kaj frandaĵoj el maro ne tro salaj - jen kia devas esti la virtula kondutado.

§084

La malriĉa homo balaas sian plankon ĝis senpolveco. La malriĉa virino kombas sian hararon ĝis bonordo. Tiaj agoj, kvankam ne donantaj luksan aspekton, tamen elspiras ian elegantecon. Tial, laŭ tio, kiel do nobla klerulo povas senkuraĝiĝi kaj forlasi siajn ambiciojn tiam, kiam li estas reduktita al mizero?

§085

Se en senokupeco oni ne lasas la tempon vane forpasi, oni profitos multe dum sia multokupiteco. Se en trankvileco oni ne lasas sian menson malplena, oni profitos multe dum sia penlaborado. Se en privateco oni povas rezisti al ĉiaj tentoj, oni profitos multe en publikeco.

§086
Tuj kiam vi trovas viajn pensojn inklinaj al la vojo de materialaj deziroj, returnu vin sur la vojon de konservo de via simpla naturo. Tuj kiam vi konsciiĝas, ke malbonaj pensoj obsedas vian menson, returnu vin de ili tute senhezite. Tiamaniere vi povas turni malfeliĉon en feliĉon kaj repreni la vivon el la faŭko de morto. Vi do nepre ne lasu forgliti tiajn okazojn.

§087
En kvieteco la pensoj de homo estas klaraj kiel akvo, kaj lia vera koro povas esti vidata ĝis la fundo. En senzorgaj momentoj la spirito kaj sinteno de homo estas senhastaj, kaj lia vera motivo povas esti konata. Ĉasante nek famon, nek riĉecon, li estas modesta kaj afabla, kaj li povas trovi verajn intereson kaj guston en sia koro. En la ekzameno de la homa naturo kaj en la kulturado de la morala karaktero, nenio estas pli bona, ol la supre diritaj manieroj.

§088

Se vi povas teni kvietecon en senbrua loko, tia kvieteco ne havas veran sencon; nur la kvieteco, kiu estas tenata en brueco, estas en plena akordo kun la homa natura karaktero. Se vi sentas vin feliĉa en ĝoja okazo, tio ne estas feliĉo en la vera senco; nur la feliĉo, kiu estas akirita en mizero, estas en plena akordo kun la homa natura temperamento.

§089

Kiam vi devas oferi viajn proprajn interesojn, estas grave ne havi nedecideman menson. Tia hezitemo povus multe hontigi vian sinoferan spiriton. Kiam vi donas almozon, vi esperu nenian repagon de la ricevanto. - Alie via origina bonkoreco nur makuliĝus.

§090

Se la Ĉielo donas al mi malmulte da feliĉo, mi altigos mian virton por kompletigi tiun ĉi porcieton. Se la Ĉielo trudas pezajn penadojn kaj suferojn sur mian korpon, mi gajigos mian koron por mildigi la turmentojn. Se la Ĉielo sendas katastrofojn sur min, mi plibonigos mian moralecon por glatigi mian vojon al la perfekteco.

- Tiam, kion do la Ĉielo povos fari kontraŭ mi?

§091

La morala homo ne petas feliĉon, sed la Ĉielo, sen lia scio, plenumas liajn korajn dezirojn. La malica homo ĉiel penas eviti katastrofojn, sed malgraŭe la Ĉielo senigas lin je lia prudento kaj sendas katastrofojn sur lin. El tio ni povas vidi, ke la sagaco kaj potenco de la Ĉielo estas nesondeblaj. - Al kio do la homaj limigitaj fortoj kaj saĝeco povas esti utilaj?

§092

Se, en sia malfrua vivo, prostituitino edziniĝas en bonan familion, la malĉasteco de ŝia pasinta vivo estas por ŝi nenia malhelpo. Se virino, kiu gardas sian ĉastecon en sia vidvineco, perdas ĝin en sia posta vivo, la tuta virto, kiun ŝi akumulis, estas tute forĵetita. Proverbo diras: "Juĝante homon, rigardu liajn postajn jarojn." Tio ja estas vere sagaca konsilo!

§093

Se ordinara homo nur volonte akumulas virton per plenumado de bonaj faroj, li estas duko aŭ ministro sen titolo kaj posteno, kaj ĉiu lin respektas. Se altranga grandsinjoro faras nenion alian ol pliigi siajn potencon kaj riĉecon aŭ peti patronadon de potenculoj, li estas nenio pli ol almozpetanto kun titolita rango.

§094
Kiam ni konsideras la fakton, ke la meritoj, de kiuj ni nun profitas, estis kreitaj de niaj prapatroj, ni devas esti dankemaj al ili pro la meritokrea malfacileco. Kiam ni volas scii, kian feliĉon ĝuos niaj posteuloj, ni devas konsideri, kiajn meritojn ni lasos al ili, kaj kiel facile estos por ili perdi ĉion, kion ni heredigos al ili.

§095
Falsa virtulo, kiu ŝajnigas sin bonfaranto, estas tute ne diferenca de egoisma kanajlo; kiam virtulo forlasas siajn moralajn principojn, li ne estas pli bona, ol la malbonulo, kiu sin korektis kaj fariĝis nova homo.

§096
Kiam familiano kulpas, ne estas dece ekkoleregi kontraŭ li, nek lasi tion neglektata. Pli bone estas uzi analogion por lumigi al li lian kulpon, ol rekte riproĉi lin. Se tio ne efikas, estas preferinde

atendi ĝis alia, pli konvena, okazo sin prezentos, por admoni la kulpinton. Tiu ĉi maniero, same kiel la printempa vento, kiu degeligas la frostiĝintan teron, aŭ kiel la zefiro, kiu fandas la glacion, estas modelo por trakti familiajn aferojn.

§097
Se oni rigardus ĉion perfekta, tiam ĉio en la mondo nature fariĝus sendifekta. Se oni farus sian koron malkaŝema kaj trankvila, tiam ĉiaj insidoj kaj ruzoj nature malaperus.

§098
Estas neeviteble, ke honestulo, kiu ĉasas nek famon, nek riĉecon, vekas envion ĉe homoj, kiuj estas avidaj je tiaĵoj. Estas neeviteble, ke homo, kiu estas singarda en siaj paroloj kaj konduto, elvokas malŝaton ĉe homoj, kiuj malrespektas la sociajn konvenciojn. Tial, en tiaj cirkonstancoj, la noblulo devas neniel aliigi siajn altajn moralajn principojn, nek montri siajn talentojn en agresa maniero.

§099
Kiam homo trovas sin en malfavoraj cirkonstancoj, ĉio, kion li renkontas, havas la

efikon de la akupunkturo per ŝtona pinglo kaj amara medikamento. Tiaj pinglo kaj medikamento servas por kulturi lian karakteron kaj plibonigi lian konduton, kvankam li tion ne perceptas. Kiam homo trovas sin en favoraj cirkonstancoj, tiam antaŭ liaj okuloj kvazaŭ vidiĝas arbaro da glavoj kaj lancoj, kiuj iom post iom vundas lin, ĝis li finfine estas detruita. Tiuokaze li povas esti komparata kun lampa oleo, kiu iom post iom konsumiĝas ĝis neniom restas, kvankam li tion ne rimarkas.

§100

Homo, kiu kreskas en riĉa kaj potenca familio, havas luksemon kaj avidecon, kiuj estas kiel furioza fajro, kaj lia sinapogo sur la potenco estas kiel arda flamo. Se li ne mildigas sin per simplaj kaj honestaj aspiroj, la akra fajro certe pereigos lin mem, se ne ankaŭ aliajn.

§101

Kiam la menso de homo atingas la perfektan sincerecon, li povas emocii eĉ la Ĉielon kaj la Teron: tiam prujno povas aperi eĉ en somero[5],

---

5) Dum la Periodo de Militantaj Regnoj, Zou Yan, altranga regna oficisto ĉiel penis montri sian lojalecon al sia reganto la reĝo Hui de Yan-regno, kaj tamen li estis false akuzita kaj ĵetita en

urbomuroj povas disfali[6], kaj diamanteca roko povas esti skulptita. La falsema homo estas nenio alia, ol malplena ŝelo: li perdis sian denaskan naturon, li havas aspekton malamindan en la okuloj de aliaj, kaj kiam li estas sola, li hontas pro sia propra abomenindeco.

§102

Kiam peco de literatura verko atingas la kulminon de perfekteco, ĝia ĉarmo kuŝas ne en tio, ke ĝi entenus ion mirindan, sed nur en tio, ke ĝi estas skribita precize en la ĝusta maniero. Kiam homo kulturas sian moralan karakteron ĝis la perfekteco, li tion faras ne kun la helpo de ajna magia rimedo, sed en la maniero lasi elmontriĝi sian puran denaskan naturon.

---

malliberejon. Profunde emociite de liaj lamentoj, la Ĉielo aperigis prujnon eĉ en somero, por konfirmi lian lojalecon. Ĉi tie "prujno povas aperi eĉ en somero" signifas, ke sincereco povas emocii la Ĉielon.

6) Dum la Periodo de Printempo kaj Aŭtuno estis altranga regna oficisto de Qi-regno, kiu estis nomata Qi Liang. Li mortis en batalo, kaj lia kadavro estis alportita al lia regno. Renkontante lian ĉerkon en la antaŭurbo de la Ĉefurbo de Qi, lia edzino eksplodis en ploregon, kiu daŭris dek tagojn, tiel ke la urbomuroj disfalis. Estas simila rakonto pri virino nomata Meng Jiangnü priploranta sian mortintan edzon ĉe la Granda Muro. Ĉi tie "urbomuroj povas disfali" havas la saman signifon kiel "prujno povas aperi eĉ en somero".

§103

En tiu ĉi mondo de iluzioj ne nur la rango kaj riĉeco estas efemeraj, sed eĉ tiuj ĉi korpoj niaj estas pruntedonitaj al ni de la Ĉielo por tre mallonga tempo. En la regno de la Taŭo, kie la lasta spuro de la materiala mondo estas jam eliminita, ne nur familianoj, sed ankaŭ ĉio en la universo kuniĝas kun ni en unu tuton. Se oni nur povas travidi tiun ĉi nian mondon kaj percepti la esencon de la pura Taŭo, oni povas preni sur sin la pezan ŝarĝon savi la mondon kaj helpi ĝian popolon, kaj ankaŭ povas forskui la materialajn katenojn de rango kaj riĉeco.

§104

Ĉiuj bongustaĵoj estas kiel medikamentoj, kiuj povas putrigi la intestojn kaj la ostojn, tial, se vi manĝos nur ĝis duonsato, estos nenia malutilo al vi. Ĉiuj agrablaj aferoj estas tiaj rimedoj, kiuj difektas la korpon kaj detruas la moralan karakteron, tial, se vi ĝuos ilin nur duonplene, vi havos nenian motivon por posta bedaŭro.

§105

Ne riproĉu aliajn pri iliaj kulpetoj; ne malkaŝu alies privatajn aferojn; ne nutru en vi malnovan rankoron kontraŭ aliaj. Sekvante tiujn ĉi tri kondutregulojn, vi povos kulturi vian moralan karakteron kaj eviti malutilojn.

§106
La nobla klerulo ne devas preni frivolan manieron. Se li agos frivole, li elmetos sin al tro da eksteraj distraĵoj, kaj sekve ne povos plu ĝui senzorgan kaj trankvilan vivon. Kiam li uzas sian menson, li ne devas trudi tro pezan ŝarĝon al ĝi. Alie li fariĝos sklavo de eksteraj fortoj kaj ne povos plu ĝui senĝenajn kaj vivecajn plezurojn.

§107
La universo daŭras por ĉiam, sed la homo, unu fojon mortinte, ne povas reveni al la vivo. Li povas vivi apenaŭ cent jarojn, kaj tiuj jaroj, eĉ cent, pasas kvazaŭ momento. Bonŝance naskiĝinte en tiun ĉi mondon, li ne povas ne scii gustumi la feliĉon de la vivo, kaj samtempe li devas gardi en la menso ankaŭ, ke estos bedaŭrata ĉiu lia tago malŝparita.

§108
Rankoro estas vekita tiam, kiam oni ne ricevas rekompencon por sia favoro donita al aliaj. Tial,

anstataŭ esperi ricevi rekompencon, oni devas forgesi kiel la donitan favoron, tiel ankaŭ sian rankoron. Malamo estas vekita tiam, kiam oni ne ricevas dankemon por sia bono farita al aliaj. Tial, anstataŭ esperi ricevi dankemon, oni devas forigi el la menso la pensojn kiel pri la farita bono, tiel ankaŭ pri la dankemo.

§109

La malsanoj de maljuna aĝo havas siajn radikojn en la aĝo forta. La pekoj, kiuj estas la sekvo de dekadenco, havas siajn radikojn en la tempo, kiam oni estis ĉe la kulmino de sia prospero aŭ potenco. Jen kial la noblulo devas esti aparte singarda en la florado de sia vivo.

§110

Doni siajn bonfarojn al individuoj por akiri favorojn ne estas pli bone, ol prezenti siajn belajn kvalitojn al la publiko por plialtigi ĝian moralecon. Ekhavi novajn amikojn ne estas pli bone, ol pliintimigi al si malnovan amikecon. Krei vantan gloran reputacion por si ne estas pli bone, ol kaŝe kulturi sian virton. Peni fari eksterajn agojn kaj brilajn meritojn ne estas pli bone, ol silente kaj singarde zorgi pri ĉiutagaj farendaĵoj.

§111

Neniam malobei la publikan opinion, kiu estas konforma al justeco, alie vi hontigos vin por ĉiam. Ne vin enmiksu tien, kie potenco estas manipulata por privataj profitoj, alie vi makulos vin por la tuta vivo.

§112

Pli bone estas elvoki envion pro via honesta kondutado, ol peni plaĉi al aliaj malaltigante vian moralecon. Pli bone estas altiri sur vin kalumniojn detenante vin de malbonaj agoj, ol rikolti laŭdojn sen bona kondutado.

§113

Kiam neatendita malagrablaĵo okazas inter familianoj, oni devas esti en kvieteco anstataŭ en ekscitiĝo. Kiam amiko eraras, oni devas sincere konsili al li ripari la eraron anstataŭ lasi al li plu iri sian malĝustan vojon.

§114

Vera heroo estas tiu, kiu ne neglektas bagatelaĵojn pri moraleco, nek faras malbonojn eĉ kaŝite for de alies vido, nek malstreĉas siajn penojn eĉ sieĝate de ŝajne nevenkeblaj malfacilaĵoj.

§115

Momento da vera amikeco estas neakirebla per abundo da oro, sed komplezo montrita per simpla regalo povas rikolti dumvivan dankemon. La amo, eĉ ardigita ĝis ekstremeco, iafoje povas veki malamon, dum tre eta afableco povas turni rankoron en ĝojon.

§116

Ŝajnigu vin mallerta por kaŝi viajn verajn talentojn. Montru vian lertecon nur en tia maniero, ke viaj kapabloj estas limigitaj. Kovru vin per masko de konfuzo por kaŝi vian veran klarecon de la kapo. Uzu la metodon de portempa retiriĝo por fari postan antaŭeniron. Tiuj ĉi estas taktikoj por memkonservo, kiuj estas tiel bonaj, kiel tiuj de ruza leporo, kiu havas tri truojn.

§117

La faktoroj de dekadenco jam latentiĝas en la tempo de kulmina prospero, dum nova revigliĝo de vivo komenciĝas jam en la tempo de kadukiĝo. Tial, en la tempo de paco kaj abundeco la noblulo devas sin antaŭgardi kontraŭ eblaj katastrofoj. Male, dum tumulta tempo li devas kun firma volo fari sian plejeblon por atingi plenan sukceson.

§118

Tiu, kiu estas sorĉita de strangaĵoj kaj kuriozaĵoj, ne povas havi profundajn sciojn. Tiu, kiu rigore praktikas sinkulturadon en izoliteco for de siaj kunuloj, ne povas konservi sian virton por tre longa tempo.

§119

Kiam homo koleriĝas kiel furioza flamo aŭ kiam liaj deziroj fortiĝas kiel bolanta akvo, li agas stulte malgraŭ ke li bone konscias sian stultaĵon. Kiu estas tiu, kiu scias, ke tia mensostato estas misa? Kaj kiu estas tiu, kiu, konsciante la misecon, intence lasas al si kulpi tian stultaĵon? Se, en tia momento, li povas returni siajn pensojn en la ĝusta direkto, tiam la "demono", kiu devojigis lin, ŝanĝiĝas en la "Sinjoron", kiu redonas al li lian originan veran naturon.

§120

Ne kredu nur al unu partio, por ne esti trompita de malbonulo. Ne opiniu vin ĉiam prava, nek estu obstina en via opinio, por ne esti puŝata de tromemfido. Ne uzu viajn fortaĵojn por bagateligi alies kvalitojn. Ne lasu al via mallerteco enviigi vin pri alies kapabloj.

§121
Estas necese uzi taktajn metodojn por helpi al iu venki siajn mankojn. Se vi uzas malkaŝan kaj bruan metodon, vi efektive uzas viajn proprajn malfortaĵojn por ataki la liajn. Estas necese uzi subtilajn metodojn por reformi obstinulon. Se vi simple koleriĝas kaj lin abomenas, vi efektive uzas vian obstinecon por pliobstinigi lin.

§122
Renkontante homon kaŝeman kaj malparoleman, ne elverŝu vian koron al li. Renkontante homon arogantan kaj ofendiĝeman, estu singarda pri viaj paroloj.

§123
Kiam via menso estas konfuzita, vi devas scii kolekti viajn senordajn pensojn. Sed se tiu ĉi peno ne efikos, vi devos scii malstreĉi vian pensadon. Alie via konfuzo pligraviĝos je mensa nestabileco.

§124

Klara, senpluva ĉielo povas subite kovriĝi de nigraj nuboj kun fulmoj kaj tondroj. Ĉielo plena de forta vento kaj abunda pluvo povas subite ŝanĝiĝi en belan vidaĵon en serena lunlumo. Ĉu la movoj de la naturo iafoje povus ĉesi eĉ por momento? Ĉu eĉ iometo da esenco de la universo iafoje povus esti blokita? Jen kia estas ankaŭ la homa naturo.

§125

Iuj tro malfrue konscias sian egoismon kaj siajn materialajn dezirojn, sekve ili ne povas venki sian egoismon kaj subpremi siajn materialajn dezirojn. Aliaj, kvankam sufiĉe frue konscias sian egoismon kaj siajn materialajn dezirojn, tamen malsukcesas rezisti al la tentoj materialaj kaj karnaj. Tial ni povas diri, ke la povo de tia konscio estas kiel perlo, dank' al kies brilo ni povas vidi la demonojn en nia koro, kaj ke la volforto estas akra glavo, per kiu ni povas forpeli tiujn samajn demonojn. Ni ja neniel devas lasi malfortiĝi tian nian konscion, nek nian volforton.

§126

Kiam vi trovas, ke iu trompis vin, ne montru

tion en viaj paroloj. Kiam iu ĵetas insultojn sur vin, ne lasu al via mieno perfidi vian koleron. Tiaj agmanieroj liveros al vi neelĉerpeblan fonton de bona humoro kaj avantaĝoj.

§127
Vivo malfacila, malriĉa kaj katastrofoplena estas forno kaj amboso, sur kiuj homoj povas esti forĝitaj elstaraj. Tia forĝado estas bona kiel al la korpo, tiel ankaŭ al la menso; sen tia forĝado ambaŭ certe degeneros.

§128
Mia korpo estas kiel malgranda kosmo. Se nur mia ĝojo kaj mia malĝojo havas siajn konvenajn tempojn, kaj mia amo kaj mia malamo havas siajn decajn mezurojn, tiam mi estos en ordo kaj harmonio. La universo estas kiel la gepatroj de ĉiuj homoj kaj ĉiuj estaĵoj. Ĝi ilin egale favoras kaj prizorgas, gardas ilin ĉiujn kontraŭ malbonaj influoj kaj katastrofoj, por ke regu inter ili nur paco kaj harmonio.

§129
Oni devas neniam intrigi kontraŭ aliaj kaj tamen ĉiam sin gardi kontraŭ ili. Tiu ĉi admono estas

direktata al tiuj, kiuj perdis viglan atentemon. Pli bone estas riski prifriponiĝi, ol ĉiam supozi anticipe, ke aliaj estas pretaj vin prifriponi. Tiu ĉi admono estas direktata al tiuj, kiuj inklinas fari erarajn juĝojn pri aliaj. Bone tenu tiujn ĉi du admonojn en via menso, kaj vi estos kalkulata kiel homo sagaca kaj honesta.

§130
Ne forĵetu viajn vidpunktojn nur pro tio, ke aliaj dubas pri ili. Ne obstine persistu en viaj propraj opinioj ignorante tiujn de aliaj. Ne donu etajn favorojn al aliaj atencante la principojn de bonkonduto. Ne utiligu la publikan opinion por atingi vian celon egoisman.

§131
Amikiĝante kun bona homo, vi ne devas haste intimiĝi kun li, nek tro frue laŭdi lin, alie vi riskus altiri sur vin kalumniojn de malbonaj homoj enviemaj. Volante forpuŝi de vi malbonan homon, vi ne devas facilanime forpeli lin el via amikara rondo, nek tro frue malkovri liajn malbonajn agojn, alie vi riskus lasi al li fari malutilegon al vi.

§132

Honesteco kaj virto, kiuj helas kiel taglumo, estas elkulturitaj en malhela kabano kun tegmento lika. La granda kapablo regi super la regno estas formita kaj perfektiĝanta kun tia singardemo, kian oni havas irante sur abisma rando aŭ sur maldika glacio.

§133

La gepatroj devas esti amemaj al siaj infanoj, kaj la infanoj devas plenumi sian filan devon al siaj gepatroj. Pli aĝaj fratoj devas amzorgi pli junajn fratojn, kaj pli junaj siavice devas respekti siajn pli aĝajn. Eĉ se tiaj kondutoj atingas la kulminon de perfekteco, tio estas ne pli ol farendaĵo, kaj tute ne meritas dankemon. Se la gepatroj fieras pri sia amemo al siaj infanoj, kaj se la infanoj estas dankemaj pro ilia amemo, tiam familianoj fariĝas fremduloj, kaj la parenceco estas reduktita al la nivelo de bazara negoco.

§134

Se ekzistas beleco, devas ekzisti malbeleco. Se mi ne fanfaronas pri mia beleco, kiel do oni povos nomi min malbela? Se ekzistas pureco, devas ekzisti malpureco. Se mi ne fanfaronas pri mia pureco, kiel do oni povos nomi min malpura?

§135

La nekonstanteco de homaj rilatoj estas pli frapanta inter la riĉuloj, ol inter la malriĉuloj. Envio estas pli evidenta inter proksimaj parencoj, ol inter fremduloj. Sekve, se oni ne povas fronti kontraŭ tiaj bedaŭrindaj situacioj kun kvieta kapo kaj paca menso, oni apenaŭ povas eviti esti turmentata de ĉagreno en ĉiu tago.

§136

Meritoj neniel devas esti interkonfuzitaj kun malmeritoj, alie oni fariĝos maldiligentaj kaj ĉesos strebi antaŭen; favoroj faritaj al aliaj kaj rankoro gardata kontraŭ aliaj ne devas esti tro evidentaj, alie oni vin forlasos kaj eĉ perfidos.

§137

Homo devas eviti atingi tro altan pozicion, ĉar tiam li povus sin endanĝerigi. La meritoj kaj atingoj ne devas esti tro perfektaj, ĉar la perfekteco estas la punkto, ĉe kiu dekadenco komenciĝas. Homo ne devas tro multe paradi per sia virto, ĉar parademo provokas klaĉojn kaj kalumniojn.

§138

Estas malutile por homo kaŝi siajn malbonajn agojn aŭ distrumpeti pri siaj bonaj agoj. Malbono publike farita kaŭzas malpli da malutilo, dum tiu kaŝe farita plej multe malutilas. Bono publike farita estas malpli inda, dum tiu kaŝe farita produktas plejon da indo.

§139

Virto estas la mastro de talento, kaj talento estas la servisto de virto. Talento sen virto estas kiel domanaro senmastra, kiu lasas al la servistoj fari la mastrumadon. Tial, se oni lasas al sia talento esti super la virto, tio ja egalas lasi al demonoj kaj monstroj senbride fari malordon!

§140

Eliminante malbonulojn, oni devas lasi al ili ian vojon por eskapo. Se oni persekutas ilin tro preme, lasante al ili nenian elirejon, tio estas kvazaŭ elpeli raton ŝtopante al ĝi ĉiujn truojn. La rezulto estos, ke la rato ronĝe difektos ĉiujn valorajn posedaĵojn.

§141

Vi povas porti kulpojn kune kun aliaj, sed vi ne

devas dividi kun aliaj la gloron pri meritoj, ĉar dividi la gloron kun aliaj kondukus al reciproka enviado. Oni povas sperti suferojn kune kun aliaj, sed ne devas dividi kun aliaj komfortecon kaj feliĉon, ĉar dividi komfortecon kaj feliĉon kun aliaj kondukus al reciproka malamikeco.

§142

Nobla klerulo, kiu estas malriĉa, ne povas doni materialan helpon al aliaj. Sed kiam li renkontas personon, kiu estas en konfuziteco kaj perdis la vojon en la vivo, li devas diri la ĝustajn vortojn por malfermi liajn okulojn al la vero. Kaj kiam li renkontas personon, kiu baraktas en grandaj malfaciloj, li devas diri la ĝustajn vortojn por mildigi liajn malfacilojn. Ankaŭ tio estas senlima bonfaro.

§143

Kiam oni estas malsata, oni iras serĉi helpon ĉe aliaj. Kiam oni havas plenan stomakon, oni foriras de aliaj. Kiam oni renkontas homon potencan kaj riĉan, oni ĵetas sin al liaj piedoj. Kiam oni renkontas homon en mizero, oni lin malŝate evitas. - Jen la komunaj difektoj de la homa naturo.

§144

La noblulo devas rigardi ĉion per okulo malvarma kaj klara kaj ne facile elmontri sian naturon malkaŝeman en ĉia okazo.

§145

Virto kreskas kun grandanimeco; grandanimeco kreskas kun la pliiĝo de homaj scioj. Tial, se vi deziras plialtigi vian virton, vi devas fari vin pli grandanima kaj, por fari vin tia, vi ne povas ne pliigi viajn sciojn.

§146

Kiam la kandela flamo flagretas kaj absoluta silento regas, tiam ni kvazaŭ jam eniris en la kvietecon, kiel dirite en budhismo. Ĉe la tagiĝo, kiam ni estas freŝe vekiĝintaj el nia dormo kaj ankoraŭ nenio estas en moviĝo, ni estas kvazaŭ en la ĵus-eliĝinteco el la praĥaoso antaŭ la apartiĝo de la tero kaj la ĉielo. Se ni profitas de tia momento por mediti pri ni mem, ni ekhavos la senton, kvazaŭ sunradioj falas sur nian animon, kaj ekkonscios, ke ĉiuj niaj sensorganoj estas katenoj sur nia menso, kaj ke ĉiuj niaj sentoj kaj deziroj estas instrumentoj por konfuzi nian veran naturon.

§147

Tiu, kiu kutime faras al si memekzamenon, povas turni ĉion, kion li tuŝas, en medikamenton sobrigan; dum tiu, kiu ofte riproĉas aliajn, turnas ĉiun sian penson en lancon pikvundantan. Memekzameno servas kiel vojo al ĉiaj bonfaroj, dum riproĉado al aliaj estas kiel fonto de ĉiaj malbonoj. Tiuj ĉi du estas tiel diferencaj inter si, kiel la ĉielo kaj la tero.

§148

Entreprenoj kaj literaturaĵoj pereas kun sia kreinto, sed la spirito estas eterna. Atingoj, riĉaĵoj kaj famo ŝanĝiĝas kun la paso de la tempo, sed la morala honesteco daŭras por ĉiam. Tial oni neniel devas fordoni sian noblan spiriton pro la efemeraj entreprenoj kaj literatura famo, nek sian moralan honestecon pro la riĉaĵoj kaj altrangeco.

§149

Kiam reto estas ĵetita por fiŝkaptado, bufo hazarde saltas en ĝin. Embuskante por kapti cikadon, manto mem fariĝas viktimo de fringelo, kiu sin kaŝas post ĝi. Neatenditeco kaŝiĝas en neatenditeco, kaj katastrofo povas estiĝi ekster katastrofo. Kontraŭ ĉio ĉi tio, kiel do estas fidindaj la homaj saĝo kaj takto?

§150
Persono sen sincereco estas kiel ŝminko sur virina vizaĝo. Ĉio, kion li faras, estas nur ŝajnigo. Se persono, en sia kondutado al la mondo, traktas aferojn ne kun fleksebleco kaj takto, li fariĝos senviva lignaĵo, kaj renkontos ĉie obstaklojn.

§151
Kiam estas neniaj ondoj sur la suprajô de la lago, la akvo nature estas kvieta. Kiam la spegulo ne estas kovrita de tavolo da polvo, ĝi nature estas brila. Tial, ne estas necese purigi vian koron; forigu nur la egoismajn pensojn, kaj via spirito nature puriĝos. Simile, ne estas necese serĉi ĝojon; forigu nur la ĉagrenojn el via koro, kaj ĝojo nature sentiĝos.

§152
Iafoje povas okazi, ke unusola penso tuŝas tabuon de dioj aŭ fantomoj, ke unusola vorto malutilas al la harmonio inter la Ĉielo kaj la Tero, aŭ ke unusola ago kaŭzas katastrofon al la posteuloj. Oni devas do esti aparte singarda kontraŭ tiaj okazoj.

§153

Estas iuj aferoj, kiuj, ju pli baldaŭ ni deziregas ilin kompreni, fariĝas des pli malklaraj. Sed, se ni flankenmetas la aferojn kaj lasas ilin sekvi sian naturan vojon, ili mem klariĝos; sekve ni devas gardi nin kontraŭ malpacienco, por eviti pliigi nian ĉagrenon. Estas iuj homoj, kiuj des pli rifuzas nin aŭskulti, ju pli ni penas ilin gvidi. Sed, se ni lasas al ili disvolvi sian kapablon kompreni la veron, ilia obstineco propravole malaperos; sekve ni ne devas ilin premi, por eviti fari ilin eĉ pli obstinaj.

§154

Eĉ se virte vi eklipsas altrangulojn kaj riĉulojn, kaj eĉ se viaj literaturaj verkoj superas ĉiujn klasikaĵojn per beletreco, sed se tiaj literaturaj atingoj ne estiĝas el via virto, ili estas nur la rezulto de impulso de individua sento, kaj estas kalkulataj nur kiel bagatelaj skribaĉoj.

§155

Homo devas retiriĝi ĉe la kulmino de sia kariero aŭ ĉe sia brila sukceso. Rilate loĝejon konvenan, li devas elekti al si kvietan, kiu evitigos al li ĉian konkuradon kaj konflikton kun aliaj.

§156

Se vi volas esti precizema en honesteco, estu tia eĉ en la plej bagatelaj aferoj. Se vi volas fari bonojn, bonfaru nepre al tiu, kiu ne povos repagi al vi.

§157

Pli bone estas amikiĝi kun montloĝantaj ermitoj, ol kun urbaj filistroj. Pli bone estas kamaradiĝi kun ordinaraj homoj kaj malriĉaj kleruloj, ol vizitadi la domegojn de riĉuloj aŭ potenculoj. Pli bone estas aŭskulti kantojn de arbohakistoj kaj knabopaŝtistoj, ol stratajn onidirojn kaj klaĉojn. Pli bone estas ripeti belajn vortojn kaj rakonti pri virtaj agoj de la antikvuloj, ol babiladi pri la dekadenco kaj malvirtoj de nuntempuloj.

§158

Moraleco estas la fundamento de ĉiaj entreprenoj. Se nur la fundamento estas firma, la konstruaĵo estas fortika kaj longedaŭra.

§159

Kiel arbo ne kreskigas prosperajn branĉojn kaj densajn foliojn sen bone plantita radiko, tiel viaj posteuloj ne prosperos sen via bonkoreco, kiu estas ilia radiko.

§160

Estas malnova proverbo diranta pri homo, kiu "forlasas sian familian grandan riĉaĵon kaj iras peti almozon de pordo al pordo kiel malriĉa knabo." Alia proverbo diras: "La parvenuiĝinta malriĉulo ne devas delire fanfaroni; kaj neniu kuirfajro estas sen fumo." La unua avertas nin kontraŭ troa sinsubtakso; la dua kontraŭ malmodesteco. Ili ambaŭ povas servi kiel gvidilo en nia studado.

§161

La vero estas io, kion ĉiu devas serĉi. Homoj diferencas inter si kaj bezonas malsamajn gvidojn al la vero. Studado estas por ni kiel ĉiutaga hejma manĝo. Homo, kiu serĉas sciojn, devas observi ĉiun ŝanĝon ĉirkaŭ si, kiu konstante okazas, por teni sin ĉiam en akordo kun la aktualaj cirkonstancoj.

§162

Tiu, kiu havas fidon al aliaj, nepre agu kontraŭ ili kun sincereco, eĉ se aliaj povas ne ĉiuj esti sinceraj. Tiu, kiu suspektas aliajn, jam agas kontraŭ ili kun malsincereco, eĉ se aliaj povas ne ĉiuj esti malsinceraj.

§163

Homo grandanima estas kiel printempa zefiro, kiu karese revarmigas kaj vigligas ĉiujn estaĵojn. Homo enviema estas kiel malvarma neĝoŝtormo, kiu kruele velkigas kaj eĉ detruas ĉiujn estaĵojn.

§164

La utilo de bonaj agoj ne povas esti tuj evidenta; ĝia frukto estas kiel herbokovrita melono, kiu kreskas nerimarkate. La sekvo de malbonaj agoj ne povas esti klara en la komenco; ĝi estas kiel printempa neĝo en la korto, kies malapero estas malrapida kaj apenaŭ rimarkebla.

§165

Renkontiĝante kun malnova amiko, vi devas montri al li sentojn pli varmajn, ol antaŭe. Traktante aferojn sekretajn kaj delikatajn, vi devas montri vin pli larĝaspirita kaj pli sincera, ol kutime. Kondutante kontraŭ kaduka maljunulo, vi devas esti aparte ĝentila kaj respektema.

§166

La vera diligentulo penas plibonigi siajn naturon kaj virton. Sed troviĝas iuj, kiuj estas diligentaj nur por liberigi sin el malriĉeco. La vera ŝparulo estas indiferenta por riĉeco kaj privataj profitoj. Sed troviĝas iuj, kiuj utiligas ŝparadon por kaŝi sian avarecon. Kiel bedaŭrinde estas, ke tio, kion la noblulo uzas por sinkulturado, estas misuzata de fihomoj eĉ kiel ilo por sinprofitigo!

§167

Tiu, kiu faras ion laŭ sia impulso, povas ĉesigi la faron en ĉiu momento, en kiu la impulso pasas. Se tiel estas, kiel do li povas fari konstantan progresadon kiel la rado, kiu neniam ruliĝas malantaŭen? Tiu, kies komprenado estas bazita nur sur perceptado kaj sentoj, povas jen saĝiĝi, jen konfuziĝi. Se tiel estas, tiam por li neniel povas troviĝi la lampo ĉiam lumiganta.

§168

Oni devas pardoni alies kulpojn, sed ne la siajn. Oni devas esti pacienca pri siaj suferoj kaj humiliĝoj, sed ne pri tiuj de aliaj.

§169

Tiu, kiu povas esti libera de vulgareco, estas persono elstara. Sed tiu, kiu intence faras sin diferenca de aliaj, estas persono ne elstara, sed stranga. Nemakuliĝo de la malbona tendenco estas nomata konservo de pureco. Sed evito de ĉiaj kontaktoj kun la ĝenerala tendenco por serĉi purecon estas ne pureckonservo, sed ekstrememo.

§170

Por esti favoranto al aliaj, donadu etajn favorojn en la komenco kaj poste grandajn. Se viaj favoroj iras de abundeco al malabundeco, aliaj facile forgesos, kion ili akiris. Uzante aŭtoritaton, estu severa en la komenco kaj poste pli tolerema. Se via aŭtoritato komenciĝas per mildeco kaj poste per severeco, vi altiros sur vin plendojn kaj rankoron.

§171

Nur kiam oni havas neniajn malpurajn pensojn en sia menso, oni povas percepti sian veran naturon. Serĉi sian veran naturon dronante tamen en siaj eraraj pensoj, estas kvazaŭ malkvietigi la supraĵon de la akvo kaj tamen peni vidi la reflektitan lunon. Kiam ĉiuj pensoj estas puraj, la koro fariĝas klara. Sen forpeli la mondecajn zorgojn, kiuj afliktas la menson, oni ne nur vane serĉos sian veran naturon, sed eĉ trovos ĝin ankoraŭ pli malklara.

§172
Se mi havas altan rangon kaj potencon, homoj min flatas. Sed la fakto estas, ke ili humiliĝas nur al mia robo de regna oficisto. Se mi estas simpla popolano, homoj min malŝatas. Sed la fakto estas, ke tio, kion ili malŝatas, estas nur mia modesta vesto. Tial, se la objekto de la flatoj estas efektive ne mi, kial do mi devas esti ĝoje memkontenta? Kaj se la malŝato estas direktita ja ne al mi, kial do mi devas senti min ofendita?

§173
Malnova proverbo diras: "Lasu iom da nutraĵo al musoj, por ke ili ne estu malsataj; kaj blove estingu la lampon, por ke la kompatindaj noktaj papilioj ne estu brule mortigitaj." Tiu ĉi kompatemo de la antikvuloj ebligas al la homaro reproduktiĝi kaj prosperi. Sen tia bonkoreco la homo estus ne pli ol malplena ŝelo senanima.

§174

La homo similas la ĉielon. Kiam li ĝojas, tiam li estas kiel la ĉielo, sur kiu aperas bonaŭguraj steloj kaj nuboj; kiam li koleras, tiam li estas kiel la ĉielo, kiu faras fulmotondron; kiam li estas bonkora, tiam li estas kiel la ĉielo, kiu sendas mildan venteton kaj dolĉan roson; kiam li estas severa, tiam li estas kiel la ĉielo, kiu bruligas la sunon aŭ faligas aŭtunan prujnon. Kiel do la homo povas esti sen siaj emocioj — ĝojo, kolero, bonkoreco kaj severeco? Se liaj emocioj nur sekvas la naturajn ŝanĝiĝojn en la universo — jen leviĝojn, jen tuj malaperojn, kaj se estas neniaj obstakloj barantaj lian vojon al la senlima vasteco, tiam lia koro harmonie unuiĝos kun la kosmo.

§175

Kiam oni estas senokupa, la menso facile nebuliĝas. En tia tempo oni devas teni sian menson en kvieteco, por klarigi la pensojn kaj dispeli ombrojn el la kapo. Kiam oni estas okupita, la menso facile agitiĝas. En tia tempo oni devas peni sin sobrigi kaj regi sin per menskvieteco.

§176

Tiu, kiu prijuĝas aferon, estas ekster ĝi. Li devas bone koni la situacion kaj la eblecojn de profito kaj perdo. Tiu, kiu traktas aferon, estas interne de ĝi. Li devas forĵeti ĉiajn konsiderojn pri profito kaj perdo.

§177

Kiam nobla klerulo okupas potencan kaj aŭtoritatan pozicion, li devas firme alkroĉiĝi al sia nekoruptebleco, kaj konduti modeste kaj afable. Li ne devas forlasi siajn principojn eĉ unu momenton, nek havi kontakton kun tiuj, kiuj uzas sian pozicion kaj influon por siaj privataj celoj. Samtempe li ankaŭ ne devas esti ekstremema en siaj paroloj kaj agoj, nek provoki malamikecon de homoj perfidaj kaj intrigemaj.

§178

Tiu, kiu paradas per siaj altaj moralaj principoj, neeviteble svingigas kalumniemajn langojn. Tiu, kiu paradas per siaj virtoj kaj klereco, ofte estas la objekto de mallaŭdo. Tial la noblulo devas deteni sin de malbonfaroj kaj ankaŭ eviti akiri al si eminentan reputacion. Li devas peni konservi siajn simplecon, honestecon kaj internan kvietecon. Tio servos kiel plej valora principo de kondutado en la socio.

§179

Kiam vi renkontas homon ruzan kaj trompeman, uzu sincerecon por igi lin ŝanĝi siajn manierojn; kiam vi renkontas homon perforteman kaj kruelan, uzu afablecon kaj bonkorecon por instigi lin korekti sin; kiam vi renkontas homon malvirtan kaj tro egoisman, uzu vian bonan reputacion kaj honestecon por instigi lin al bonfarado. Tiamaniere en la mondo vi renkontos neniun, kiun vi ne povus rebonigi sub via influo.

§180

Ekpenso bonkora povas helpi harmoniigi la homaron. Koro pura povas postlasi noblan virton al ĉiuj generacioj.

§181

Sekretaj komplotoj, ekstravagancaj manieroj, strangaj talentoj kaj eksterordinaraj kondutoj, ĉiuj estas fontoj de katastrofoj en la banala mondo. Nur per ordinara virto kaj ordinaraj agoj oni povas konservi senmakula sian propran naturon kaj tiel atingi spiritan kvietecon.

§182

Proverbo diras: "Se vi deziras surgrimpi monton, vi devas elteni la iradon de kruta vojeto; se vi deziras iri en la neĝon, vi devas elteni la trapason de tre alta arka ponto." La vorto "elteni" estas signifoplena. Sen la firma alteniĝo al "elteni", vizaĝe al la malbonoj de la mondo dum sia malfacila vivovojo, kiom da homoj do povus sukcese eviti fali en kavegon insidoplenan?

§183

Tiu, kiu fanfaronas pri siaj atingoj kaj paradas per siaj beletraj verkoj, sin apogas sur eksteraj aĵoj por ludi sian rolon de homo. Fakte tiu, kiu atingas nenion brilan dum sia vivo, nek skribas eĉ unu vorton, se li nur ne perdis sian denaskan purecon de sia interna naturo, same povas vivi kaj labori kiel honesta homo.

§184

Se vi deziras ĝui momenton da malstreĉiĝo en granda okupiteco, vi devas anticipe fari raciajn aranĝon kaj konsideron. Se vi deziras ĝui momenton da paco kaj kvieteco en brua medio, vi devas anticipe ellerni la arton tion fari. Alie vi ĉiam ŝanĝiĝos blinde laŭ la ŝanĝoj en la medio kaj tiel fariĝos viktimo de la cirkonstancoj.

§185

Ne agu kontraŭ via konscienco; ne spitu sentojn de ordinaruloj; ne foruzu tutajn materialajn rimedojn. Se vi sekvos tiujn ĉi tri admonojn, vi povos fari vian virtan kaj naturan karakteron akceptebla por la popolo de la mondo, helpi certigi la ĉiaman kontinuecon de la vivoj de la ordinara popolo kaj krei feliĉon por viaj posteuloj.

§186

Estas du maksimoj, kiujn oni devas sekvi servante kiel regna oficisto. La unua estas: senpartieco en juĝo naskas saĝon kaj prudenton. La dua: vera aŭtoritateco apartenas nur al honestaj regnaj oficistoj. Estas du maksimoj, kiujn oni devas sekvi en sia mastrumado. La unua estas: nur toleremo kreas hejman kvietecon kaj harmonion. La dua: nur ŝparemo povas kovri ĉiujn familiajn elspezojn.

§187

Ĝuante riĉecon kaj altrangecon, vi devas koni la malfacilojn de tiuj, kiuj vivas en malriĉeco aŭ okupas malaltan socian situacion. En la floro de la aĝo, vi devas ĉiam memori, ke baldaŭ venos ankaŭ al vi kaduka maljuna aĝo.

§188
En viaj rilatoj kun aliaj, ne serĉu purecon tute senmakulan, kaj estu preta toleri ĉiajn insultojn kaj kalumniojn. Asociiĝante kun aliaj, faru vin ne tro elektema rilate personojn, kaj estu preta akcepti miksaĵon de kvalitoj bonaj kaj degenerintaj.

§189
Ne altiru sur vin la malamikecon de malnobluloj; ili propre havas siajn malamikojn. Ne penu flati al nobluloj; ili ne rekompence donas favorojn por egoisma celo.

§190
Malsanoj kaŭzitaj de senbridigo de siaj deziroj estas kuraceblaj, sed malordoj, kiuj venas de misperceptado pri cirkonstancoj kaj tendencoj, estas malfacile ĝustigitaj. Baroj formitaj el materialoj estas facile detrueblaj, sed obstakloj al la ĝusta kompreno pri justeco kaj vero estas malfacile forigitaj.

§191

Hardado de la korpo kaj menso devas esti farata en la sama maniero, kiel la fandado de oro je cent fojoj; fari tion en hasta kaj senzorga maniero rezultigus neperfektecon kaj eĉ fuŝon. Entreprenado de afero devas esti kiel streĉo de potenca arbalesto; nesufiĉa streĉo malebligas al ĝi pafi la sagon: por sukcese pafi ĝin, necesas uzi maksimuman forton.

§192

En via kondutado, preferu esti enviata kaj kalumniata de malinduloj, ol esti flatata de ili, kaj preferu esti mallaŭdata de honestuloj, ol esti pardonata de ili.

§193

Profitemulo akiras profitojn je la kosto de justeco. La malbono, kiun li faras, estas evidenta al ĉiuj, sed ne tre malutila. Tiu, kiu avidas bonan reputacion, agas sub la mantelo de virto. La malbono, kiun li faras, estas kaŝita, sed ĝia malutilo estas tre grava.

§194

Ricevi abundan bonon kaj ne pensi pri repago;

suferi iometon da maljusteco kaj nepre voli fari repagon; aŭdi malprecizajn detalojn pri alies malbonaj agoj kaj havi nenian dubon pri ili; kaj havi dubon pri bonaj agoj de evidente bona homo. Jen la manifestiĝoj de plej malbona karaktero, kiujn oni devas eviti.

§195
Kalumnio ĵetita sur honestan homon estas kiel flosanta nubeto; ĝi vualas la sunon nur momente kaj tre baldaŭ la suno denove aperos kaj klare brilos. Sed flato estas kiel vento, kiu enfiltriĝas tra fendeto kaj invadas la korpon; ĝia malutilo estas neperceptebla kaj tamen efektiva.

§196
Neniaj arboj kreskas sur altega, tro kruta montodeklivo, sed la serpentumaj valoj estas abundaj je vegetaĵoj. Neniaj fiŝoj restas en rapidaj torentoj, sed en trankvilaj kaj profundaj lagetoj estas granda kvanto da akvaj estaĵoj. Tiuj ĉi analogioj instruas al ni, ke ni devas gardi nin kiel kontraŭ trorigideco en kondutado, tiel ankaŭ kontraŭ ekstremeco kaj tromallarĝeco de spirito.

§197

Homoj, kiuj rikoltas brilajn atingojn, plejparte estas modestaj kaj fleksiĝemaj. Tiuj, kiuj preskaŭ ĉiam renkontas malsukcesojn en siaj entreprenoj, certe estas obstinaj kaj rifuzas aŭskulti alies opiniojn.

§198

Vivante en la socio vi ne devas blinde sekvi sociajn konvenciojn, nek fari vin originalulo; En ĉio, kion vi faras, ne lasu vin abomenata de aliaj, nek penu plaĉi al ili.

§199

La suno estas subironta, tamen la okcidenta ĉielo estas lumigata de brilaj rozkoloraj nuboj. La aŭtuno profundiĝas, tamen la oranĝfloroj estas pli bonodoraj, ol en iu ajn alia sezono. Simile, en sia maljuna aĝo, la noblulo devas trovi sian spiriton multe refreŝigita kaj preta por pli elstaraj atingoj.

§200

La aglo staras kvazaŭ dormante. La tigro vagas kvazaŭ malsanon suferante. Ĝuste en tiuj pozoj ili sin preparas por kapti kaj engluti sian predon. En simila maniero la noblulo devas sin deteni de elmontro de sia saĝeco kaj kapabloj. Nur tiel li povos esti kompetenta surŝultrigi pezajn ŝarĝojn.

§201

Ŝparemo estas bela kvalito, sed se ĝi estas puŝita ĝis ekstremeco, ĝi fariĝas avareco kaj rezultigas difekton al la deca konduto, kiun oni propre havas. Ankaŭ modesteco estas bona virto, sed se ĝi estas puŝita ĝis ekstremeco, ĝi fariĝas naŭza trohumiliĝo, kaj rezulte de tio oni estas suspektata de aliaj pri malfidindeco.

§202

Ne ĉagreniĝu pro aferoj, kiuj ne estas laŭ via deziro; ne ĝoju pro aferoj, kiuj estas portempe ĝojindaj; ne esperu, ke longe daŭros stabileco; kaj ne timiĝu ĉe la malfacila komenco de viaj entreprenoj.

§203

Familio, kiu tro ofte drinkas kaj bankedas, ne estas bona familio. Klerulo, kiu tro ĝuas belan muzikon kaj plezurojn de karno, ne estas bona klerulo. Regna oficisto, kiu donas troan atenton al sia rango, neniel povas esti bona regna oficisto.

§204

Oni kutime rigardas kiel plezurojn la aferojn, kiuj lin kontentigas, sed la menso ebriigita de plezuroj neeviteble falos en abismon de mizero. La homo filozofema rigardas kiel plezuron la spitadon al aferoj, kiuj lin ne kontentigas, kaj finfine la amareco ŝanĝiĝas en lian feliĉon.

§205

Tiu, kiu havas ĉion, kion lia koro deziras, estas kiel vazo plenigita ĝis la rando: unu guto pli, kaj la likvaĵo superfluos. Tiu, kiu estas en krizo, estas kiel lignopeco en ekstrema rompiĝonteco: ankoraŭ iom da premo, kaj ĝi ekrompiĝos.

§206

Per kvietaj okuloj taksu homojn; per kvietaj oreloj aŭskultu iliajn vortojn; per kvieta koro traktu ĉiujn aferojn; kaj per kvieta menso faru rezonadon.

§207

La noblulo havas grandanimecon kaj malkaŝeman koron. Li estas prospera kaj eterne feliĉa, kaj ĉio, kion li faras, estas karakterizata de grandanimeco kaj malkaŝemo. Sed la trivialulo vivas mizeran vivon, ĉar lia vido estas mallarĝa kaj mallonga, kaj ĉio, kion li faras, estas limigita kaj malvastigita.

§208
Kiam vi aŭdas, ke iu faris ian malbonon, ne tuj kondamnu lin, ĉar povas esti, ke lia malamiko intence disvastigas kalumnion. Kiam vi aŭdas, ke iu faris ian bonon, ne tuj intimiĝu kun li, ĉar povas esti, ke tio estas lia artifiko fari vin alirebla por li, kun la celo esti promociita.

§209
Homo, kiu estas hastema kaj malzorgema, fuŝas ĉion, kion li entreprenas, dum homo, kiu estas kvietema kaj pacema, ĉiam trovas benojn alvenantaj al li unu post alia.

§210
En via uzado de personaro, ne estu tro severa, nek tro postulema, alie vin forlasos tiuj, kiuj povus esti utilaj al vi. Ne amikiĝu kun iu ajn sendistinge, alie vi kolektos ĉirkaŭ vi nur flataĉulojn.

§211
En la tempo de forta ŝtormo, firme staru sur viaj

piedoj. Kiam ĉio prosperas al vi kaj viaj aferoj brile floras, direktu vian rigardon pli malproksimen. Kiam la vojo de la vivo estas tro malfacila kaj danĝera, vin returnu kiel eble plej frue tien, de kie vi venis.

§212

Persono strebanta al honesteco kaj justeco devas hardi sian karakteron per afableco, por eviti konflikton kun aliaj. Persono posedanta altajn honorojn kaj rangon devas kulturi al si la virton per modesteco, por eviti veki ĉe aliaj envion, kiu estus kontraŭ li.

§213

Tenante regnan oficon, vi devas esti ne facile alirebla por tiuj, kiuj venas al vi kun rekomenda letero por si aŭ por iu alia. Tiamaniere vi povas vanigi la penojn de flatuloj ricevi oficon aŭ promociiĝon per hazardo. Retiriĝinte el la ofico, vi ne devas teni vin orgojle, nek fari vin malfacile alirebla por viaj najbaroj kaj viaj antaŭaj subuloj. Tiamaniere vi povas plifortigi la malnovajn ligilojn de amikeco kun ili.

§214

Estas nepre necese time respekti tiujn en alta ofico, por ke vi ne englitu en malzorgemon kaj malseriozecon. Estas nepre necese trakti kun respekto ankaŭ ordinarajn homojn, por ke vi ne havigu al vi malbonan reputacion de loka despoto.

§215

Se viaj aferoj ne iras bone kiel vi deziras, pensu pri tiuj, kiuj estas en ankoraŭ pli malbona situacio, kaj tiam via plendemo malaperos. Kiam vi estas deprimita, pensu pri tiuj, kiuj superas vin per siaj atingoj, kaj tiam vi ree pleniĝos de entuziasmo.

§216

Vi ne devas facilanime fari promesojn nur pro via bonhumoriĝo. Vi ne devas furioziĝi per la influo de alkoholaĵo. Vi ne devas provoki kverelojn sub momenta impulso. Vi ne devas forlasi taskon pretekste de laciĝo.

§217

Tiu, kiu lertas en studado, kapablas kompreni la esencon de libro ĝis tia grado, ke li eĉ ekdancigas siajn manojn kaj piedojn pro ravo. Nur tiam li povas eviti kontentiĝi nur per kompreno de la laŭvortaj signifoj de la teksto. Tiu, kiu lertas en observado de fenomenoj, observas ĝis tia grado, ke lia spirito preskaŭ kunfandiĝas kun la objekto en unu tuton. Nur tiam li povas kapti la esencon de la objekto anstataŭ rigide alkroĉiĝi al ĝia ekstera formo.

§218

La Ĉielo saĝigas unu homon, por ke li povu instrui la malklerajn popolamasojn. Sed troviĝas homoj, kiuj paradas per siaj talentoj kaj scioj nur por montri, kiel mankas al la aliaj tiuj ĉi kvalitoj. La Ĉielo riĉigas unu homon, por ke li povu helpi mildigi la mizeron de la popolamasoj. Sed troviĝas riĉuloj, kiuj uzas siajn riĉaĵojn por brutale trakti malriĉulojn. Tiuj du specoj de personoj ja pekas kontraŭ la Ĉielo.

§219

Personoj de superaj virto kaj saĝo estas liberaj de vulgaraj zorgoj; personoj, kiuj estas denaske pli aŭ malpli stultaj, ne kapablas klare percepti, nek ĝuste kompreni. Vi povas studi kaj krei ion kune kun tiuj du specoj de homoj. Personoj, kiuj estas denaske dotitaj per nur mezkvalita intelekto, havas certan gradon de percept- kaj kompren-kapabloj. Tiaj homoj estas subjektivemaj kaj suspektemaj, tiel ke estas malfacile kunlabori kun ili.

§220
La buŝo estas la pordo de la koro. Se ĝi ne estas hermetike gardata, viaj veraj motivoj kaj intencoj ĉiuj estos lasataj tralikiĝi. Pensoj estas la piedoj de la koro. Se la pensoj ne estas bone regataj, vi povos trovi vin sur la malĝusta vojo.

§221
Se persono, kiu riproĉas iun alian, devas serĉi ion neriproĉindan en ties kulpo kaj tiun pardoni, tiam la riproĉato havos pacon en la koro. Se persono, kiu ekzamenas sian propran konduton, devas serĉi ion riproĉindan meze de siaj senkulpaj agoj kaj ĝin korekti, tiam rezulte de tio lia virto pliboniĝos.

§222
Infano estas plenaĝulo en embrio. Klerulo estas altranga regna oficisto en embrio. Se deca edukado ne estas donata en tiu ĉi stadio, tiam nek la homo en la socio, nek la altranga regna oficisto en la kortego povos bone kaj plene uzi

sian talenton.

§223

Kiam noblulo trovas sin en malfeliĉo aŭ mizero, li ne lasas sian menson afliktita; sed kiam li estas en festenado aŭ plezurĝuado, li sentas maltrankvilecon kaj estas vigle atenta. Renkontiĝante kun riĉulo aŭ potenculo, li ĉiam estas sentima; sed kondutante kontraŭ tiuj, kiuj estas forlasitaj kaj senhelpaj, li ĉiam estas kompatema.

§224

Persikaj kaj prunaj floroj estas brilkoloraj, sed kiel ilia brilkoloreco povas esti komparata kun la konstanteco de la ĉiamverdaj pinoj kaj cipresoj, kiuj prosperas la tutan jaron? Pir- kaj abrikotarboj portas sukajn, dolĉajn fruktojn, sed kiel ilia suka dolĉeco povas esti komparata kun la delikata aromo de la oranĝoj kaj mandarinoj? La brilkoloraj ja rapide velkas, dum la palkoloraj daŭras. Fruktarboj, kiuj frue floras, estas kvalite malsuperaj al tiuj, kiuj malfrue venas al fruktado. Kiel profunda estas tiu ĉi vero!

§225

Nur kiam oni vivas meze de kvieteco kaj trankvileco, oni povas percepti la veran sencon de la homa vivo. Nur kiam oni estas nutrata per kruda nutraĵo kaj vivas sen luksa ĝuo, oni povas ekkoni la veran aspekton de la homa naturo.

Dua parto

§001

Tiuj, kiuj konstante parolas pri la plezuroj de la ermita vivo, ne nepre vere komprenas la agrablecon de tia vivo. Tiuj, kiuj konfesas, ke ili trovas malplaĉe babili pri la rango kaj riĉeco, ne nepre jam komplete forpelis el sia menso la deziron je rango kaj riĉeco.

§002

Fari hokfiŝadon ĉe akvo estas agrabla kaj eleganta okupo, sed eĉ en tiu ĉi okupo vi tamen tenas la povon decidi pri vivo aŭ morto. La ludo de vejĉio[7] estas amuza distraĵo, sed eĉ dum tiu ĉi ludo la batalemo tamen loĝas en via koro. Tial, plezuro en ago ne estas tiel bona kiel evito de ago, kaj abundo de talento estas malsupera al manko de talento en la konservo de la homa vera naturo.

§003

En printempo la birdoj kantas, la floroj floras, kaj la montoj kaj valoj vestiĝas per luksaj

---

7) Vejĉio: ludo ludata per nigraj kaj blankaj globetoj sur tabulo kun 361 krucpunktoj.

brilkolorajoj. Sed ĉio ĉi tio estas nenio alia ol iluzia mondo, sub la ŝajno de la miriadoj da estaĵoj de la Naturo. Kiam aŭtune la montaj riveretoj sekiĝas, malkaŝante la nudajn rokojn, la arboj velkas, kaj la krutaĵoj kalviĝas, tiam la Naturo montras sian fizionomion veran.

§004
La tempo, en sia esenco, estas senlima, sed la homoj, kiuj estas multe okupitaj, reduktas ĝin mallonga. La mondo propre estas vasta, sed la homoj, kiuj estas malgrandanimaj, trovas ĝin malvasta. La belaĵoj de la Naturo ekzistas ja por homa ĝuo, sed la homoj zorgoplenaj kaj senripozaj rigardas ilin nur kiel superfluaĵojn.

§005
Por ĝui la belojn de la Naturo, ne estas necese iri al multaj famaj pitoreskejoj; pelvogranda lageto aŭ pugnogranda ŝtono estas sufiĉa por enteni ĉiajn belaĵojn de la naturaj pejzaĝoj. Por kapti la ĉarman subtilecon de la Naturo, ne estas necese vojaĝi al malproksimaj montoj, riveroj aŭ lagoj; estas sufiĉe agrable sidi kviete en kabano kun fenestro plektita el branĉetoj kaj lasi al la venteto karesi viajn vangojn kaj al la luno verŝi lumon sur

vin.

§006

La sono de templa sonorilo en kvieta nokto povas veki homon el la granda vivosonĝo. La lunlumo reflektita sur la klara lageto povas ekvidigi al li la animon ekster la karno.

§007

La trilado de birdoj kaj la ĉirpado de insektoj esprimas iliajn internajn sentojn. La kolorbrileco de floroj kaj la verdfreŝeco de herboj konkretigas la misterajn leĝojn de la Naturo. Kiam la spirito de klerulo estas hela kaj lia menso estas klara, li povas ĉiam havi ian komprenon kaj inspiriĝi el io ajn, kun kio li venas en kontakton.

§008

Oni scias legi librojn skribitajn per skriboformoj, sed ne scias legi librojn skribitajn sen tiaj formoj. Oni scias ludi nur liutojn, kiuj havas kordojn, sed ne scias ludi liutojn, kiuj havas neniajn kordojn. Kiam oni utiligas aĵojn, oni alkroĉiĝas al iliaj eksteraj formoj anstataŭ kapti iliajn internajn spiritojn. Legante librojn kaj ludante liutojn en tia maniero, kiel do oni povus trovi verajn plezurojn en ili?

§009

Se homo havas neniajn materialajn dezirojn, liaj pensoj estas tiel brilaj kaj foren-atingaj, kiel sennuba aŭtuna ĉielo aŭ vasta serena maro. Se homo havas liuton kaj librojn kun si por kompanio, la loko, kie li vivas, aperas al li kiel ermitejo for de la brua mondo aŭ kiel fea lando, kiu estas lumoplena tage kaj nokte.

§010

Aro da gastoj kaj brua festenado gajigas la homan koron ĝis plena kontenteco. Sed baldaŭ, malfrue en la nokto, la kandeloj jam estas forbrulintaj, la incenso estingiĝis, kaj la aroma teo estas malvarma, tiam la vinrestaĵo fariĝas malloga kaj odoraĉas naŭze. — Ĉio en la mondo ĝenerale estas kiel tiela: satĝuo de plezuro kondukas al aflikto. Kial do oni ne vekiĝu plej frue el tio ĉi?

§011

Se vi povas trovi la ĝojon, kiu estas en ĉio de tiu ĉi banala mondo, tiam la tuta pitoreskeco de la Kvin Grandaj Lagoj[8] estos kvazaŭ entenata en

---

8) La Kvin Grandaj Lagoj: Estas malsamaj klarigoj pri tiu ĉi esprimo en la antikveco. Nun ĝi aludas Dongting en la nuna

via koro. Se vi povas konstati, ke ĉia ŝanco sin prezentas ĝuste antaŭ viaj okuloj, tiam vi povos kompreni, en kio kuŝas la esenca heroeco de ĉiuj herooj de la antikveco.

§012

Se la montoj, la riveroj kaj la tero povas esti kalkulataj kiel ne pli ol etaj polveroj, tiam kiel multe pli malgranda la homo devas ŝajni! Se nia korpo el karno kaj sango finfine povas esti reduktita al ne pli ol aerveziketo, tiam kiel multe pli efemeraj devas ŝajni la rango kaj potenco, kiuj estas ekster nia korpo! Kaj tamen oni ĝenerale ne povas havi tian klaran percepton kaj tian ĝisfundan sagacecon krom tiu, kiu posedas superegan saĝecon.

§013

Nun ke la vivo estas tiel pasanta kiel fajrero produktita per frapo sur siliko, kiom da tempo do estas por la vanta konkurado? Nun ke la mondo estas tiel malgranda kiel la korneto de heliko, kiom da teritorio do vi povas elŝiri al vi per forto?

Hunan-provinco, Poyang en la nuna Jiangxi-provinco, Taihu kaj Hongze en la nuna Jiangsu-provinco, kaj Chaohu en la nuna Anhui-provinco.

§014

Kiam la oleo en lampo estas forkonsumiĝinta, la lampo ne plu produktas flamon. Kiam la vesto eluziĝis, ĝi ne plu ŝirmas la korpon kontraŭ malvarmo. Kiel mizeraj estas la du scenoj, en kiuj homo estas prezentata! Se persono havas sian korpon kiel putran lignon kaj sian koron kiel malvarman cindron, li neniel evitos fali en la absolutan malplenecon.

§015

Kiam homo sin okupas pri iu tasko, li devas ĉesi tuj kiam li trovas konvena la momenton por ĉesi. Se li heziteme serĉas okazon por ĉeso, la situacio estos kiel tiu de edziĝo: kvankam la procezo estas finita, restos tamen ne malmultaj aferoj farendaj. Fariĝi bonzo aŭ taŭista pastro estas bona afero, sed la mondaj zorgoj ne estas tute forpelitaj el la koro. Antikva proverbo diras: "Se la tempo jam venas por ripozo, do tuj ripozu. Sed se vi serĉas okazon por fini vian laboron, ĝi kontraŭe neniam estos finita." Kiel saĝaj estas tiuj ĉi vortoj!

§016

Se vi, en tempo de kvieteco, pensas pri la

bruado kaj hastado, vi trovas, kiel vanta estis la klopodado. Se vi liberigas vin de multeokupiteco kaj ĝuas ripozon dum momento, vi trovas, kiel longedaŭra estas la gusto de la ĝuo de libertempa trankvileco.

§017
Al homo, kiu rigardas riĉecon kaj altrangecon kiel ŝvebantajn nubojn, ne estas nepre necese izoli sin en malproksimaj montoj kaj vivi ermitan vivon. Persono, kiu ne havas inklinon por la pejzaĝo de montoj kaj riveretoj, povas tamen droni en drinkado kaj de tempo al tempo recitadi poeziaĵojn.

§018
Se aliaj volas iri ĉasi famon kaj riĉecon, lasu al ili tion fari. Ne estas necese malŝati ilin pro tio, ke ili havas fortan inklinon al tiaj aferoj. Se via menso estas kvieta kaj memkontenta, kaj vi ne emas serĉi famon kaj riĉecon, vi do ne fanfaronu, ke nur vi sola restas sobramensa. Jen kion la budhismo instruas al ni: "Ne estu katenita de mondaj aferoj, nek konfuzita per iluzioj, kaj vi liberigos vin de ĉiaj zorgoj."

§019

Ĉu tempo estas longa aŭ mallonga, dependas de subjektiva koncepto. Simile, ĉu spaco estas larĝa aŭ mallarĝa, dependas de mensa percepto. Tial, por persono, kies menso estas en senokupeco, unu sola tago povas esti pli longa ol eterneco, kaj por persono kun larĝa spirita horizonto, malgranda ĉambreto povas esti eĉ pli vasta, ol la universo mem.

§020

Malpliigu kaj ree malpliigu la nombron de aferoj farendaj, ĝis ĉio, kio restas, estas nur kultivado de floroj kaj plantado de bambuoj, kaj tiam vi eniros en la regnon de senzorgeco. Forgesu kaj ree forgesu la eksterajn aferojn, ĝis nenio restas por forgesi, kaj ĉio, kion vi memoros, estos nur bruligi incenson antaŭ Budho kaj boligi por vi aroman teon, kaj tiam via vivo eniros en la regnon de absoluta sinforgeso.

§021

Persono, kiu estas kontenta pri ĉio, kio aperas antaŭ liaj okuloj, estas kiel tiu, kiu jam eniris en la mondon de la senmortuloj, dum persono, kiu ne estas kontenta pri tio, kio aperas antaŭ liaj okuloj, ne povas sin eltiri el la filistreco de tiu ĉi mondo. Persono, kiu povas resumi la rezultojn de la antaŭdestinitaj interrilatoj kaj lerte utiligi ilin, tenas sian vivoforton en pleneco, dum persono, kiu ne ĝuste utiligas ilin, povas renkonti nur danĝerojn kaj eĉ kaŭzi al si detruon.

§022
Flatado al la potenculoj alportas katastrofon, kiu estas plej rapida kaj plej tragika. La ĝuo de trankvileco kaj paco fare de tiu, kiu estas indiferenta pri famo kaj profito, havas guston plej malfortan, sed plej longedaŭran.

§023
Iu homo promenas sola kun bastono tra la ravineto, kiu estas ambaŭflanke borderita de pinoj. Li haltas, kaj la nebulecaj nubetoj el la montofendetoj volve ĉirkaŭas lian ĉifonan robon. Nokte li dormas ĉe bambu-ŝirmita fenestro, kun kapo apogita sur libro. Li vekiĝas, kaj vidas, ke la malvarma lunlumo verŝiĝas sur lian maldikan kotonkovrilon.

§024
Volupto arda estas malfacile elportata kiel flamo.

Sed kiam oni ekpensas, ke drono en voluptaj plezuroj povus kaŭzi malsanon kaj suferojn, la voluptofajro povas tuj turniĝi en malvarman cindron. Famo kaj riĉeco estas logaj kiel bongustaj dolĉaĵoj. Sed kiam oni ekpensas, ke ĉasado de famo kaj riĉeco povas rezultigi morton, tiam ili tuj fariĝas kiel sengustaĵoj. Tial, se vi konstante portas en la menso suferojn kaj morton, vi elradikigos el via koro la voluptemon kaj la avidon je famo kaj riĉeco, kaj plifortigos vian deziron pri iluminiĝo.

§025
Kiam ĉiuj konkure rapidas antaŭen sur vojo, la vojo ŝajnas mallarĝa. Sed se, en tia okazo, vi faras paŝon malantaŭen, vi tuj trovos, ke la vojo fariĝis multe pli larĝa. Kiam nutraĵo estas tro spicita, ĝia gusto donas stimulon nur momentan. Sed se ĝi estas modere spicita, ĝi povas postlasi guston aparte agrablan kaj longedaŭran.

§026
Se vi deziras teni vian menson serena en multeokupiteco kaj konfuzo, vi devas kulturi vian spiriton al kvieteco en la tempo de senokupeco. Se vi volas esti trankvila kaj sentima vizaĝe al la

morto, vi devas ĝisfunde kapti la esencon de mondaj aferoj, kaj klare scii, ke tie, kie estas vivo, estas ankaŭ morto.

§027
Inter ermitoj estas nek honoro, nek malhonoro; sur la vojo al la Taŭo ne estas necese favori iujn kaj malfavori aliajn.

§028
Ne estas necese fari penojn por senigi vin je turmenta varmego. Ĉio, kion vi devas fari, estas elpeli ĉagrenajn pensojn pri varmego el via menso, kaj tiuokaze vi ĉiam havos tian senton, kvazaŭ vi estas sur friskiga teraso. Ne estas necese fari penojn por senigi vin je malriĉeco. Ĉio, kion vi devas fari, estas elpeli afliktajn pensojn pri malriĉeco el via menso, kaj tiuokaze, eĉ se vi loĝos en kaduka dometo, vi ĉiam havos tian senton, kvazaŭ vi vivas en komforta nesto.

§029
Kiam vi faras paŝojn antaŭen en viaj entreprenoj, tenu en la menso la fakton, ke iam en la estonteco la aferoj povos iri ne tiel glate, kaj vi devas elpensi vojon de retroiro. Tio eble

estas por vi la nura rimedo por eviti fali en la situacion, en kiu vi trovus malfacila antaŭeniri aŭ retroiri. Kiam vi komencas plenumi taskon, plej bone estas elpensi unue bonan manieron por ĝin fini. Tio eble estas por vi la sola rimedo por eviti la danĝeran situacion de "rajdo sur tigro"[9].

§030
Eĉ se avidulo ricevis oron, li havas fortan malkontentecon pro tio, ke oni ne donis al li jadon. Eĉ se li estas levita al markizeco, li havas fortan malkontentecon pro tio, ke oni ne donis al li la titolon de duko. Tia homo, malgraŭ sia riĉeco aŭ altrangeco, havas la mensostaton de almozuloj kaj estas neniam kontentigita. Aliflanke, homo kontenta pri sia sorto nutras sin per simpla nutraĵo kaj trovas ĝin pli bongusta, ol la plej rafinitaj pladoj, kaj vestojn el kruda teksaĵo pli varmaj, ol roboj el pelto de vulpo aŭ ermeno. Malgraŭ sia malalta pozicio li estas pli feliĉa, ol princoj kaj dukoj.

§031
Pli bone estas kaŝi sian famon, ol vaste brui pri ĝi. Pli bone estas klopodi malmulte kaj ĝui

---

9) "rajdo sur tigro": esprimo signifanta "estas malfacile desalti de ĝi", t.e. ne povi eltiri sin el malfacila situacio.

senzorgecon, ol peni fari sin mondosperta.

§032

Tiu, kiu inklinas al kvieteco kaj senagado, povas penetri la misteron de la Taŭo per fiksa rigardo al la nuboj sur la ĉielo kaj al la rokoj kaŝitaj en la ravinoj. Tiu, kiu ĉasas honorojn kaj riĉaĵojn, trovas mildigon de sia laceco en dolĉaj kantoj kaj graciaj dancoj de virinoj. Nur tiuj, kiuj konservas sian propran naturon, povas liberigi sian koron de la brua ĉasado de honoroj kaj riĉaĵoj. Serĉante rifuĝon en la montoj kaj arbaroj li evitas kiel la prosperon kaj malprosperon de la homa mondo, tiel ankaŭ la fluktuan ŝanĝiĝadon de la homa sorto. Kien ajn li iras, li trovas la mondon nature agrabla por li.

§033

Kiam soleca nubeto alte flosas inter montopintoj, al ĝi estas indiferente, ĉu ŝvebi aŭ fordrivi. La sereneco de la hela luno, kiu pendas en la nokta ĉielo, havas nenian rilaton kun la homa mondo, ĉu brua aŭ kvieta.

§034

Gusto agrabla kaj longedaŭra estas trovebla ne

en luksaj kaj rafinitaj pladoj, sed en simplaj nutraĵoj kaj trinkaĵoj. Tristo estas produkto ne de vivo soleca kaj mizera, sed de gaja amuzado. Tial oni devas scii, ke sensaj ĝuoj estas efemeraj, kaj ke vera ĝuo troviĝas nur en kvieta vivo kaj simplaj gustoj.

§035

La budhisma skolo de zeno instruas: "Kiam vi malsatas, manĝu; kiam vi lacas, dormu." La sekreto de versfarado estas: "Vidu la vidaĵon antaŭ viaj okuloj kaj esprimu ĝin en preferataj kutimaj esprimoj." La plej alta kaj plej profunda vero havas sian originon en la plej simpla banaleco, kaj la plej malfacila tasko devenas de la plej facila. Tiu, kiu decidas plenumi ion, estas malproksima de la plenumo, dum tiu, kiu havas nenian intencon ĝin plenumi, nature proksimiĝas al la finplenumo.

§036

Tiu, kiu vivas sur la bordo de rivero, ne aŭdas la bruon de la akvo, kiu fluas preter li. El tio ni povas kompreni la profundan veron, ke estas eble atingi pacon kaj kvietecon eĉ en tumulta medio. Kiel ajn altaj estas la montoj, ili ne povas bari la flugadon de la nuboj. El tio ni povas kompreni la subtilan misteron pri la eliĝo el ekzistaĵeco kaj la eniĝo en neniecon.

§037
Montoj kaj arbaroj estas lokoj de belaj pejzaĝoj, sed tuj kiam ili fariĝas objektoj de plezurĝuo de homoj, ili turniĝas en foirejojn. Libroj kaj pentraĵoj estas elegantaĵoj, sed tuj kiam ili fariĝas objektoj de avideco de homoj, ili turniĝas en nurajn komercaĵojn. Se nur la koro ne estas malpurigita per aspiroj al famo kaj riĉeco, tiam, eĉ vivante en la banala mondo plenplena de materialaj deziroj, oni vivas kvazaŭ en Paradizo. Sed se oni lasas sian koron forlogita de tentoj de famo kaj riĉeco, tiam eĉ Paradizo fariĝas vera maro de suferoj.

§038
Kiam vi trovas vin en medio brua kaj konfuza, la aferoj, pri kiuj vi klare pensas en tempo de trankvileco, estas tute forgesitaj. Kiam vi estas en stato de paco, la aferoj, kiuj forglitis el via menso en la pasinteco, tuj vivece reaperas kvazaŭ antaŭ viaj okuloj. El tio oni povas vidi: se ekaperas nur ioma diferenco inter kvieteco kaj malkvieteco,

tiam tuj estiĝas malsameco inter menskonfuzo kaj menslumiĝo.

§039

Kun mato el fragmitaj florkvastoj kiel litkovrilo, dormu sub flosantaj nuboj aŭ en falanta neĝo, kaj vi konservos la purecon de via koro. Kun taso da vino hejme farita drinku kaj recitu versaĵojn pri la vento kaj luno, kaj vi trovos vin for de la vanteca mondo kaj ĝia brueco.

§040

Se monta ermito kun sia kruda promenbastono estus allasita enviciĝi inter regnaj oficistoj en luksaj ornamaĵoj, tio certe levus la rafinitan tonon de la oficistaro. Se regna oficisto vestita en sia majesta robo aliĝus al grupo da fiŝistoj aŭ arbohakistoj sur la vojo, tio nur farus la kompanion eĉ pli kruda. Tial el tio ni povas vidi: riĉeco kaj parado per riĉaĵoj ne estas tiel bonaj kiel simpleco kaj senlukseco, kaj vulgareco neniel povas esti komparata kun rafiniteco.

§041

La maniero transcendi tiun ĉi banalan mondon estas hardi sin vojaĝante vaste en ĝi, sekve ne estas necese detranĉi sin de la interrilatoj kun ordinaruloj. La maniero ĝisfunde kompreni la povojn de la menso estas senbridigi ĝiajn kapablojn ĝis maksimumo, sekve ne estas necese turni la menson en mortan cindron per evito de ĉiaj mondaj pensoj.

§042

Se mia korpo ĉiam estas en serena senzorgeco, tiam povas min influi neniaj konsideroj pri honoro kaj malhonoro, nek pri gajno kaj perdo. Se mia menso estas en konstanta kvieteco, tiam povas min konfuzi neniaj konsideroj pri pravo kaj malpravo, nek pri profito kaj malprofito.

§043

Restante ĉe la bambua plektobarilo, mi subite aŭdas la bojojn de hundoj kaj la klukojn de koko, kaj tiam mi eksentas, ke mi estas kvazaŭ en la mondo inter la nuboj. De ekstere tra mia fenestro venas la ĉirpado de cikadoj kaj la grakado de korvoj, kaj tiam mi ekkonscias, ke en silento estas alia mondo.

§044

Se mi ne serĉas famon kaj riĉecon, kiel do mi

povus esti logata de profito, altrangeco kaj aliaj similaj aferoj? Se mi ne konkuras kun aliaj por okupi altan pozicion, kiel do mi povus esti minacata de intrigoj en la regnoficistaj rondoj?

§045

Vagante inter montoj, arbaroj, fontoj kaj rokoj, oni trovas sian avidon je famo kaj riĉeco iom post iom malfortiĝanta. Legante poeziaĵojn aŭ aprezante pentraĵojn, oni ĝuas rafinitecon, kaj la vulgareco malaperas nerimarkate. Sekve la noblulo, eĉ sen droni en plezuroj kaj perdi siajn altajn aspirojn, povas ofte trovi ion, per kio li povas kulturi kiel sian korpon, tiel ankaŭ sian menson.

§046

En printempo la grandioza pitoreska pejzaĝo ravas la homan koron. Sed la printempo ne povas esti komparata kun la aŭtuno — sezono kun blankaj nuboj kaj malvarmeta zefiro, aromo de orkideoj kaj osmantoj[10], kaj akvoj kaj ĉielo, kiuj kunfandiĝas en unu solan koloron. En aŭtuno la spaco inter la firmamento kaj la tero estas aparte vasta kaj brila, alportante al la homaj korpo kaj

---

10) Osmanto: aroma planto (Osmanthus fragrans Lour).

spirito senkomparan freŝecon.

§047

Tiu, kiu ne scias legi eĉ unu literon kaj tamen diras vortojn plenajn de poezieco, havas internan genion de vera poeto. Tiu, kiu lernis nenian budhisman ĉanton kaj tamen diras vortojn plenajn de budhisma saĝeco, jam penetris la profundajn misterojn de budhismo.

§048

Persono kun malica kaj vigla imago povas vidi ĉie fantomojn kaj spiritojn; li prenas por serpento la en-vintasan reflekton de pafarko pendanta sur la muro, kaj por kaŭranta tigro la rokon duonkaŝitan en la vepro. Ĉio, kion li rigardas, havas por li sinistrecon. Aliflanke, persono kun trankvila spirito kaj serena humoro sendas rigardon al roko kaj vidas mevon, kie aliaj tamen vidas tigron. La raŭka kvakado de ranoj estas por li kiel dolĉa muziko, kaj ĉio, kun kio li venas en kontakton, alprenas bonaŭguran aspekton.

§049

La korpo estas kiel neligita boato; ĝi drivas laŭ la fluo, ĝis ĝi puŝiĝas kontraŭ io baranta, kaj haltas. La koro jam estas kiel forbrulinta arbostumpo; do estas tute egale, ĉu ĝi estas hakata aŭ ŝmirita per bonodoraĵo!

§050

Estas nature kaj normale, ke oni trovas agrabla la triladon de la oriolo kaj enuiga la kvakadon de la rano. Estas nature kaj normale ankaŭ, ke rigardante florojn oni intencas ilin kulturi kaj vidante herbaĉojn oni volas ilin elradikigi. Tiuj ĉi reagoj estas nenio alia ol manifestiĝoj de personaj ŝatoj kaj malŝatoj. Se ni ekzamenas la bazan esencon de aferoj, ni konstatas, ke la oriolo kaj la rano same eligas kriojn instigate de siaj denaskaj naturoj, kaj ke la floroj kaj la herbaĉoj prosperas sub la diktado de siaj vivofortoj.

§051

Kun la paso de la jaroj defalas niaj kapharoj kaj dentoj, kaj velkiĝas nia karno. El la kantoj de la birdoj kaj la florado de la floroj ni povas ekkompreni la eternan esencon de nia propra naturo.

§052

Koro plena de materialaj deziroj povus estigi

malkvietajn ondojn sur frostiĝinta lageto, kaj persono kun tia koro trovus nenian trankvilon eĉ en la profundo de la montoj kaj arbaroj. Dume persono, kies koro entenas neniajn malkvietajn pensojn, trovus malvarmetaj eĉ la plej varmajn tagojn, kaj ne perceptus la konfuzajn bruojn eĉ en bazaro homplena.

§053

Kiam homo akumulas grandan kvanton da riĉaĵoj, estas al li facile kaŭzi al si pereon. El tio ni povas scii, ke riĉulo havas pli da zorgoj ol malriĉulo. Kiam homo tro rapide supreniĝas al alta pozicio, estas al li malfacile eviti renversiĝon. El tio ni povas scii, ke altrangulo ne estas tiel trankvila, kiel ordinarulo.

§054

Legante la Libron de Ŝanĝiĝoj ĉe malfermita fenestro en la frua mateno, uzu cinabran inkon miksitan kun la rosgutoj de sur pinaj branĉoj por substreki vortojn de aparta saĝeco. Tagmeze, sidante ĉe skribotablo kaj eksplikante budhisman sutron, frapu la jadajn ĉingojn[11] kaj lasu ilian tintadon portata de la vento tra la bambuaro

---

11) Ĉingo: antikva jada aŭ ŝtona ortiloforma frapinstrumento aŭ budhista kupra kloŝoforma frapinstrumento.

malproksimen.

§055

Kiam floro estas plantita en poto, ĝi povas kreski abunde, sed malgraŭe ĝi ne havas la viglan vivecon de natura kreskado. Kiam birdo estas loĝigita en kaĝo, ĝi povas kanti kiel antaŭe, sed ĝia natura gajeco estas malpliigita. Ili ne estas plu kiel la floroj kaj la birdoj, kiuj libere intermiksiĝas sur la montoj kaj formas tiun naturan bildon, kiu tre plezurigas la homan koron. Estas ja la nature kreskanta floro kaj la libere fluganta sovaĝa birdo, kiuj ebligas al la homo kompreni la ĉarmon de la naturo.

§056

La ordinaraj homoj tro zorgas pri si mem, tial ili havas ekscesajn emojn kaj multajn zorgojn. Antikva onidiro diras: "Se vi ne plu konscios vian propran ekziston, kiel do vi povos koni la valoron de la objektoj aliaj ol vi?" Ankoraŭ alia diras: "Se vi ekscios, ke via karna korpo ne estas via efektiva memo, kiel do zorgoj kaj afliktoj povos eniĝi en vian menson?" Kiaj trafaj diroj!

§057

Kiam vi renkontas personon, kiu estas en sia kaduka maljuna aĝo, pensu do pri tio, ke li probable pasigis sian junecon en la freneza ĉasado de famo kaj riĉeco. Tiam vi nature senigos vin je viaj ambicioj kaj konkuremo. Kiam vi renkontas homon, kies kariero estas ruinigita aŭ kies familio estas mizera, pensu do pri tio, ke li iam estis riĉega kaj rikoltis sukcesojn. Tio helpos al vi forĵeti ĉiajn revojn pri riĉeco kaj lukso.

§058

La sentoj kaj manieroj de homoj kontraŭ homoj povas ŝanĝiĝi en palpebruma daŭro, tial oni ne devas preni ilin tro serioze. Yaofu[12] iam asertis: "Tio, kio iam estis nomata "mi", nun fariĝas "li"; kaj mi scivolas, kiu do la hodiaŭa "mi" poste povos fariĝi." Se homo ofte farus tian konsideron, li povus dispeli ĉiajn zorgojn el sia brusto.

§059

Se vi povas rigardi per sobraj okuloj ĉiujn aferojn en tiu ĉi tumulta klopodema mondo, vi

---

12) Yaofu: t.e. Shao Rong; Yaofu estis lia adoltiĝa nomo, filozofo dum la Norda Song-dinastio, 960-1127. Li estis fakulo en la studado de La Libro de Ŝanĝiĝoj, sed li neniam sukcesis fariĝi regna oficisto dum sia vivo.

povos forpeli de vi la ĉagrenajn pensojn, kiuj vin turmentas. Se vi povas konservi ian varmecon en via koro kontraŭ la mondo, kiu ŝajnas malvarma kaj dezerta, vi povos trovi multajn fontojn de ĝojo.

§060
Kie estas feliĉo, tie devas esti ankaŭ ĝia malo — malfeliĉo. Kie estas bela vidaĵo, tie devas esti ankaŭ vidaĵo malagrabla. Tial, ne estas nepre necese strebi al feliĉo kaj belaj aferoj; manĝante nur kutimajn simplajn nutraĵojn kaj estante kontenta pri via sorto, vi trovos vin en paradizo.

§061
Levu fenestran kurtenon kaj rigardu la verdajn montojn kaj klarajn riveretojn, kiuj estas envolvitaj en ŝvebantaj nuboj, kaj vi perceptos, kiel libera kaj senĝena estas la Naturo. Komtemplu la freŝe verdajn bambuojn kaj la prosperajn arbojn kaj primeditu, kiel la hirundoj kaj turtoj heroldas la ŝanĝiĝojn de la sezonoj, kaj vi sentos, ke vi kaj la mondo estas unu harmonia tuto.

§062
Se persono ekkomprenas, ke post sukceso certe

sekvas malsukceso, tiam li ne estos tiel avida je sukceso. Se li ekscias, ke kie estas vivo, tie devas esti ankaŭ morto, tiam li ne malŝparos tro da energio por plilongigi sian vivon.

§063

Eminenta bonzo en la antikveco iam diris: "La dancetanta ombro de bambuo sur ŝtupoj ne povas balai la polvon for de ili. La lunlumo brilanta sur lageton postlasas neniajn spurojn sur la akvo." Konfuceano-klerulo komentis: "Lasu torentojn furiozi kaj muĝi; se vi nur havas pacon en via koro, via ĉirkaŭaĵo estos kvieta. Lasu florpetalojn fali kiel pluvo; se via koro estas nur trankvila, vi estos libera de ĉiaj zorgoj." Kiam vi prenos tiun ĉi sintenadon kontraŭ la mondo, vi certe sentos vin tute senzorga kaj senĝena.

§064

En absoluta trankvileco, aŭskultante la tonon de ondiĝantaj pinbranĉoj, aŭ la tintadon de rivereto frapanta ŝtonetojn, oni sentas, ke tiuj ĉi estas la murmuroj de la Naturo. Kun kvieta menso, rigardante la delikatan nebuleton sterniĝantan sur la sunorita horizonto de senlima herbejo aŭ la reflektojn de nuboj en kvieta lago, oni povas percepti la rave belan desegnon de la Naturo.

§065

Kiam la imperio de Okcidenta Jin-dinastio estis baldaŭ fariĝonta lando kovrita de dornoarbetaĵoj, ĝi ankoraŭ fieris pri sia armita potenco. Kiam oni jam staras per unu piedo en la tombo, kie vulpoj kaj leporoj havos siajn truojn, oni ankoraŭ avidas riĉecon. Malnova proverbo diras: "Sovaĝaj bestoj estas facile dresitaj, sed la homa koro estas malfacile regata; valoj povas esti plenigitaj sen penegoj, sed la homaj deziroj estas malfacile plenumitaj." Kiel veraj estas tiuj ĉi vortoj!

§066

Se en la plejinterno de via koro estas nenia ventego, nek ondegoj, kien ajn vi iros, vi estos meze de verdaj montoj kaj klaraj riveretoj. Se en via kunnaskita naturo estas la bona emo domaĝi ĉiajn estaĵojn, kien ajn vi iros, vi vidos fiŝojn gaje saltantajn kaj birdojn libere flugantajn.

§067

Kiam la grandulo en sia grandioza robo vidas, kiel trankvila kaj eleganta estas ordinarulo vestita en kruda vesto, li ne povas sin deteni suspiri kun envio. Kiam riĉulo, kiu supersatigas sin ĉe luksa festeno, ekvidas la senzorgan kaj feliĉan vivon de simplaj homoj tra la senkurtena fenestro de ties domaĉo, li ne povas sin deteni eksenti ian sopiran malgajecon. Kial do homoj sin turnas al la rimedoj, kiuj estas kontraŭ la racio, por serĉadi riĉecon kaj famon? Tio estas kvazaŭ ligi flamantajn torĉojn[13] al la bovaj vostoj kaj kurigi ilin al la malamikaj soldatoj, aŭ stimuli ardajn virbovojn al sekskuniĝo kun ĉevalinoj. — Estus ja multe pli bone por homoj vivi en akordo kun siaj kunnaskitaj naturoj.

§068

Kiam fiŝo naĝas en la akvo, ĝi forgesas, ke estas la akvo, kiu helpas al ĝi naĝi; kiam birdo alte flugas sur la vento, ĝi ne scias, ke estas la vento, kiu helpas al ĝi flugi. Kompreno pri tio ĉi ebligas al ni liberigi nin de la katenoj de eksteraj aferoj kaj gustumi la ĝojojn de la naturo.

---

13) Flamantaj torĉoj: Dum la Periodo de Militantaj Regnoj, Tian Dan, ĉefkomandanto de la regno Qi, kolektis pli ol mil bovojn kaj alligis torĉojn al iliaj vostoj. Li ordonis ekbruligi la torĉojn kaj kurigi la bovojn al la armeo de la regno Yan. Rezulte, la regno Qi gajnis la batalon. Tiu ĉi esprimo estas uzata ĉi tie por satiri homojn, kiuj uzas ĉiun eblan rimedon, por ĉasi famon kaj siajn proprajn interesojn.

§069

La ruinoj de muroj, sur kiuj vulpoj dormas, kaj la forlasitaj pavilonoj kaj terasoj, en kiuj leporoj kuradas, iam estis scenejoj de gajeco kaj festenado. La nebulvualitaj ebenaĵoj kovritaj de velkintaj herboj kun kelkaj krizantemoj trempitaj en malvarma roso, iam estis lokoj, kie herooj interbatalis. Nek prospero, nek malprospero povas ĉiam daŭri! Kie do nun estas la iamaj fortaj kaj malfortaj? — Tiu ĉi penso naskas en la homa koro nur iluziecon kaj vantecon!

§070

Restu indiferenta antaŭ la ricevitaj favoroj kaj la suferataj humiliĝoj, kaj rigardu en senzorgeco la florojn ekster via domo, kiel ili floras kaj velkas. Donu nenian atenton al tio, ĉu vi restos en aŭ retiriĝos el via ofico, kaj rigardu kviete la nubojn sur la horizonto, kiel ili libere kolektiĝas kaj disiĝas.

En la serena kaj senlima nokta ĉielo estas vastega spaco por flugado de flugilhavaj insektoj, sed la noktopapilio nepre flugas rekte al la brulanta kandelo. La pura fonta akvo kaj freŝaj fruktoj troviĝas ĉie por esti ĝuataj, sed la strigo preferas la putran kadavron de ratoj. Ho ve, kiom da homoj do ekzistas en la mondo, kiuj ne agas kiel la noktpapilio kaj la strigo?

§071

Tiu, kiu ekiras sur floson kaj tuj pensas pri forĵeto de ĝi post atingo de la transa bordo, estas persono, kiu jam atingis iluminiĝon kaj estas ne plu katenata de eksteraj aferoj. Tiu, kiu, rajdante sur azeno, ankoraŭ serĉas azenon por sia rajdo, estas bonzo, kiu ne vere komprenas budhismajn doktrinojn.

§072

Por sobra rigardanto, la arogantaj granduloj kaj la tigre batalemaj herooj estas ne pli ol formikoj svarmantaj sur ranca viando aŭ muŝoj konkurantaj inter si por leki sangon. Kiam amase leviĝas disputoj pri pravo kaj malpravo kaj debatoj pri profito kaj perdo, se vi nur povas trakti ilin kun trankvila menso, ĉiuj disputoj kaj debatoj malaperos for de vi kiel metalo fandiĝanta en forno aŭ neĝo degelanta en varma akvo.

§073

Tiu, kiu estas katenata de materialaj deziroj, sentas, ke la vivo estas tragika, dum tiu, kiu konas sian veran kaj puran naturon, sentas, ke la vivo estas plena de ĝojo. Ekkompreno de la tragikeco de dezirkatenado tuj forpelas ĉiujn banalajn korinklinojn, kaj kono de la ĝojo de la vera kaj pura naturo povas konduki homon al la regno de saĝuloj.

§074

Kiam jam estas nenia materiala deziro en via koro, la stato estas, kvazaŭ neĝo jam fandiĝus sur forno aŭ glacio jam degelus de la varmo de la suno. Tiam vi, vidante la reflekton de la luno en akvo, klare scias, ke ĝi estas la bildo de la vera luno pendanta en la vasta ĉielo.

§075

Poezia inspiro fontas el natura loko rave pitoreska kiel la ponto Baling[14]. Apenaŭ poeziaĵo plene formiĝas, la montoj kaj la arbaroj alprenas poeziece majestan aspekton. Sento de sovaĝeco naskiĝas en belega pitoreskejo kiel la lago Jingh u[15] kaj la rivero Qujiang. Apenaŭ vi iras tien

---

14) La ponto Baling: Situanta oriente de Chang'an-gubernio en Shaanxi-provinco, ĝi iam estis loko, kie homoj vivantaj en Chang'an dum Tang-dinastio, 618-907, kutime diris adiaŭ al siaj forvojaĝontaj parencoj kaj amikoj.
15) La lago Jinghu: Situanta sude de Shaoxing en la nuna Zhejiang-provinco kaj apud la rivero Qujiang, ĝi iam estis vasta etendaĵo da akvo dum Tang-dinastio kaj la plejparto de ĝi iom

sola, vi trovas la montojn speguliĝantaj en la akvo, kaj ĉio tiea fariĝas ĉarmega.

§076

Birdo, kiu nestis longatempe, nepre flugas al granda alteco. Floro, kiu rapidas flori, certe paliĝos kaj velkos antaŭ ol la aliaj. Teni tion ĉi en la menso evitigos al vi desapontiĝojn kaj maltrankviliĝojn en via kariero, kaj ankaŭ helpos al vi forigi pensojn pri hasto ĉasi famon kaj riĉecon.

§077

Kiam ni vidas la foliojn fali de la arboj en vintro kaj turniĝi en humon, ni ekkomprenas, ke ili floras nur portempe kaj tute vane. Kiam ni vidas homon metita en ĉerkon, ni ekkomprenas, kiel vantaj estas tiaj aferoj, kiaj estas la riĉaĵoj kaj la virina beleco.

§078

Vi volas transpasi la limojn de sensado kaj sciado kaj tamen penas konservi la purecon de la koro. Alkroĉiĝo al la formoj de eksteraj aferoj aŭ absoluta neado de ili montras, ke vi ankoraŭ ne

post iom turniĝis en kampojn ekde Song-dinastio.

hardas vin ĝis la grado atingi la regnon de la Vero. Demandu la budhistan patriarkon, kiel do tio povas esti. - Tiuj, kiuj vivas en vulgara mondo kaj penas ĝin transpasi, devas scii, ke ĉasi materialajn dezirojn estas doloro, sed rifuzi ĉiajn materialajn dezirojn same alportas doloron. Jen kial la sinkulturado ĉiam estas necesa.

§079
Homo kun altaj aspiroj povas fordoni grandan riĉaĵon por nenio, dum avarulo batalas eĉ por kuprero. Kvankam iliaj karakteroj estas diferencaj kiel la Ĉielo kaj la Tero, tamen iliaj deziroj - la unua je famo kaj la dua je riĉeco - estas tute samaj. La imperiestro regas la landon, kaj la almozulo krie petas nutraĵon. Kvankam iliaj situacioj estas diferencaj kiel la Ĉielo kaj la Tero, tamen kia diferenco do ekzistas inter la maltrankvilo de la unua kaj la plorkrio de la dua?

§080
Tiu, kiu plene gustumis ĉiajn gustojn de la homa mondo, ĉiam ne emas malfermi siajn okulojn por doni atenton al iaj ajn eblaj ŝanĝoj, kiuj okazas en la mondo. Tiu, kiu jam penetras la sentojn kaj manierojn de homo kontraŭ homo en la mondo,

donas nenian atenton al ĉiaj laŭdoj kaj kalumnioj ricevitaj, sed nur faras kapklinon sencele kaj indiferente.

§081

Nuntempe oni avide penas senigi sin je siaj deziroj, sed vanas la penado. Fakte, estas facile eniri en la sendeziran staton, se oni nur ne lasas al la antaŭaj deziroj resti en la koro, nek al la novaj enŝteliĝi, kaj se la nunaj leviĝas, ilin tuj elpelu.

§082

Imago, kiun la menso okaze kaptas, nature fariĝas agrabla belaĵo, kaj aĵo, kiu estiĝas kiel produkto de la naturo, povas vidigi sian misteran ĉarmon. Se troviĝas eĉ la plej eta signo de artefarita ornamo, ĝia gusto estas malpliigita. La Tang-dinastia poeto Bai Juyi diris: "Poezia imago estas la plej bona, se ĝi estas nur ideo tute senĝena. Nur natura venteto povas esti vere refreŝiga." Kiel profunda estas tiu ĉi eldiro!

§083

Se via spirito estas senmakula, manĝi kiam malsatas kaj trinki kiam soifas, estas sanige kiel por la korpo, tiel ankaŭ por la menso. Sed se via spirito estas makulita, eĉ se vi studas sutrojn kaj budhismajn ĉantojn, finfine ĉio, kion vi faros, estos ne pli ol vana ludado per viaj menso kaj animo.

§084
En ĉies koro estas Paradizo; eĉ se nenia bela muziko estas ludata, vi tamen povas senti vin ĝoja kaj trankvila, kaj eĉ se nenia incenso estas bruligita, nek aroma teo donata, vi tamen estas regalata per refreŝigaj odoroj. Pensu nur pri la Pura Mondo de Budho, kaj ĉiaj ĉagrenoj malaperos el via menso. Forĵetu ĉiajn karnajn zorgojn, kaj vi povos plenfeliĉe vagadi en la Regno de la Beatulo.

§085
Same kiel oro venas el erco kaj jado el roko, tiel la vero estas serĉata nur el la sentebla ĉirkaŭaĵo de la homo. La mistero de la Taŭo estas atingebla en la vinglaso, kaj la senmortuloj estas renkonteblaj inter ĉarmaj floroj. Sekve, kvankam oni penas serĉi la noblecon, tamen ĝi ne povas esti trovebla en la izoliteco for de la vulgareco.

§086

La miriadoj da estaĵoj en la mondo, la miriadoj da interhomaj rilatoj kaj la miriadoj da aferoj de la kosmo ĉiuj estas inter si diferencaj. Sed vidataj per la okuloj de homo, kiu atingis la Taŭon, ili estas esence la samaj. Ĉu do estas necese fari distingon inter ili, kaj elekton aŭ forĵeton?

§087

Dolĉe dormante envolvita en kruda kanaba litkovrilo, oni povas kapti la veran esencon de la universo. Nutrante sin per simplaj nutraĵoj, oni povas taksi la veran valoron de simpla vivo.

§088

Ĉu vi povas liberigi vin de viaj ĉagrenoj aŭ ne, dependas tute de via mensostato. Se vi jam atingis la veron de budhismo, vi povas, eĉ en buĉejo aŭ vintrinkejo, senti vin kvazaŭ en la Pura Lando. Alie, eĉ se vi elegante vivas en kvieteco, ludante liuton, bredante gruon kaj kultivante florojn kaj bambuojn, la Demono tamen loĝas en via koro. Malnova proverbo diras: "Se vi povas liberigi vin de ĉiaj mondaj deziroj, la banala mondo fariĝas Paradizo. Alie, eĉ se vi metas sur vin bonzan robon kaj loĝas en templo, vi tamen restos neiluminita laiko." Kia trafa maksimo!

§089

Sidante en mia modesta ĉambreto mi trovas, ke ĉiaj zorgoj kaj ĉagrenoj malaperas el mia menso. Kial do ĉi-momente necesus al mi sopiri pri luksa domego? Trinkinte tri tasojn da vino mi ekkaptas la sekreton de tenado de mia vera naturo en paco, kaj pensas nur pri la liuta kaj fluta muziko, kiu akompanas mian recitadon de poeziaĵoj sub la luno.

§090

En la absoluta silento de la naturo mi subite ekaŭdas birdan krion kaj ĝi vekas en mia koro senton de superba eleganteco. Kiam ĉiuj herboj kaj floroj estas velkintaj, subite mi ekvidas unu, kiu ankoraŭ vigle kreskas, kaj mi tuj sentas min pleniĝanta de senlima vivoforto. El tio mi povas ekscii, ke la origina esenco de la naturo neniam velkas kaj ke la dieco de la naturo inspiras vivecon al ĉio, kion ĝi tuŝas.

§091

La Tang-dinastia poeto Bai Juyi diris: "La korpo kaj la menso devas esti lasitaj al siaj propraj funkcioj, Kaj gajno kaj perdo, sukceso kaj malsukceso, estas deciditaj de la Ĉielo." Sed Chao Buzhi[16] diris: "Pli bone estas teni la korpon kaj menson en regado, Kolektu viajn distritajn pensojn, kaj vi retrovos kvietecon." Homoj, kiuj lasas al siaj korpo kaj menso fari kion ajn ili volas, ofte fariĝas senbridaj kaj tro liberaj, dum tiuj, kiuj tenas severan regadon de siaj korpo kaj menso, ofte trovas sin malvigla kaj stagna. Nur tiuj, kiuj scias bone mastri sian internan memon, povas dece regi sin aŭ lasi liberecon al siaj korpo kaj menso.

§092

Rigardante la palan lunon pendantan en la ĉielo dum neĝa nokto, oni sentas la koron aparte klara. Kiam blovas milda printempa venteto, oni sentas la koron facila kaj ĝoja. En tia tempo oni povas diri, ke la Naturo kaj la homa koro kunfandiĝas en unu tuton.

§093

Severa simpleco produktas eseojn, kaj konstanta simpleco faras sinkulturadon plenumita: La "simpleco" havas senliman signifon. Ekzemple, en

---

16) Chao Buzhi: beletristo en la epoko de la Norda Song-dinastio.

la versoj "La bojado de hundoj ĉe la Persikflora Fonto / kaj la krioj de kokoj sur la morusarba kampo", kiom da pureco kaj simpleco enestas! Sed la versoj "La reflekto de la luno en la malvarma lageto / kaj la korvoj sidantaj en la antikvaj arboj" elvokas en ni tamen ian senton de morna kadukeco, kvankam esprime ili estas tre belaj.

§094
Kiam mi uzas mian povon por manipuli aferojn ekster mi, mi ne sentas ĝojon tiam, kiam mi atingas ion, nek malĝojon tiam, kiam mi suferas malsukceson. Tiamaniere mi neniam perdas mian ekvilibron de menso, en kia ajn situacio mi troviĝas. Sed kiam mi lasas al eksteraj aferoj regi min, tiuokaze, kiam aferoj iras kontraŭ miaj deziroj, rankoro leviĝas en mia koro, kaj kiam aferoj iras laŭ miaj deziroj, mi ŝate alkroĉiĝas al ili per mia koro. En tia situacio eĉ io tiel maldika kiel haro povas fariĝi katenoj min ligantaj.

§095
Kiam estingiĝas la ideo pri afero, la afero mem estingiĝas. Sed kiam persono forigas aferon kaj tamen ankoraŭ alkroĉiĝas al la ideo pri ĝi, tio estas kiel peni forigi la ombron dum konservado

de la formo - la formo ankoraŭ konservas sian ombron. Kiam la koro estas liberigita de mondaj pensoj, ankaŭ la medio, en kiu ĝi troviĝas, fariĝos malplena. Persono, kiu deziras malplenigi la medion sen antaŭe malplenigi sian koron, estas kiel homo, kiu elmetas pecon da malbonodora putraĵo kaj penas forpeli la moskitojn kaj muŝojn.

§096
La ermito trovas kontentiĝon en ĉio, kion li faras por pasigi sian tempon: li trovas plej grandan plezuron en vintrinkado sen alies instigo; li havas ĝuon en ŝakludo sen rivalado; li trovas flutajn melodiojn improvizitajn plej ĉarmaj, kaj la sonon produktitan de liuto sen kordoj li prenas kiel la plej dolĉan. Hazardaj renkontiĝoj estas por li la plej bonaj, kaj gastojn, kiuj bezonas nek bonvenigon, nek adiaŭ-diron, li rigardas kiel la plej sincerajn kaj agrablajn. Ĉio ĉi tio, se strebata kun rigida alkroĉiĝo al banalaj moroj kaj formalaĵoj, kondukas homon al la maro de suferoj - jen kia ja estas nia mondo!

§097
Se vi penas kontempli, kiel vi aspektis antaŭ via naskiĝo kaj kio vi estos post via morto, ĉiuj viaj

pensoj malvarmiĝos kiel morta cindro; ĉio, kio restos, estos la senŝanĝa kvieteco de via natura esenco. Tiam vi povos transpasi la mondon de estaĵoj kaj vagi en la mondon antaŭan al la kreado de la miriadoj da estaĵoj.

§098
Ekkoni la altvalorecon de sano post malsaniĝo, alte taksi la benon de paco post leviĝo de tumulto - tio ne povas esti nomata antaŭvido. Esti feliĉa kaj percepti, ke feliĉo estas la radika kaŭzo de malfeliĉo, avidi vivon kaj percepti, ke vivo estas la kaŭzo de morto - tio montras altgradan sagacecon.

§099
Aktoro ŝminkas aŭ pentras sian vizaĝon tiel, ke ĝi aspektas bele aŭ malbele. Sed en la palpebruma daŭro la prezentado finiĝas; kie do nun estas la beleco kaj malbeleco? Ŝakludantoj streĉas ĉiun sian nervon por venki sian kontraŭulon. Sed en palpebruma daŭro la ludo finiĝas; kie do nun estas la ĵusa venko kaj malvenko?

§100

La gracieco de floroj karesataj de la venteto kaj la pura paleco de la luno en neĝa nokto povas esti plene aprezataj nur de tiu, kiu estas kvietema en la menso. La allogo de la florado kaj velkado de arboj ĉe lageto, kaj la kreskado kaj kadukiĝo de bambuoj kaj rokoj, povas esti sentataj nur de persono, kiu vivas senzorgan kaj serenan vivon.

§101

Menciu simple kuiritan kokaĵon kaj nerafinitan vinon al kampuloj, kaj iliaj okuloj ekbrilos kun ĝojo. Sed rakontu al ili pri luksaj bankedoj, kaj iliaj okuloj montros konfuzitecon pro kompleta manko de kompreno. Diskutu pri krudaj vestoj de kamparanoj, kaj ili radios de ĝojo. Sed demandu ilin pri la pompaj roboj portataj de regnaj oficistoj, ili nur dube skuos la kapon. Tio estas memkomprenebla, ĉar ili konservas sian originan naturon en perfekta stato, tial iliaj deziroj estas tenataj ĉe la rudimenta nivelo. Tio estas la plej alta regno de plezuro, kiun la homa vivo devas atingi.

§102

Se la homa koro estas kulturata ĝis tia grado, ke

ĝi ne plu nutras mondecajn pensojn, tiam por kia celo do servas la introspekto? La admono de budhismo, ke oni pasigu tempon observante sian koron, egalas nur intencan kreon de obstakloj al tio. La miriadoj da estaĵoj estas identaj inter si en sia esenco, tial, por kia celo do estas fari specialajn penojn por egale trakti ĉiujn homojn? La doktrino de antikva filozofo Zhuangzi pri la egaleco de ĉiuj estaĵoj fakte supozigas distingojn tie, kie neniaj distingoj ekzistas.

§103
Homo, kiu ĝustigas sian veston kaj foriras sen bedaŭro ĉe la kulmino de sia diboĉado, estas homo iluminiĝinta, kiu scius reteni sian kurantan ĉevalon ĝuste ĉe la rando de krutegaĵo. Li meritas universalan admiron. Homo, kiu ankoraŭ klopodas pri famo kaj riĉeco eĉ malfrue en la nokto, estas senindulo, kiu dronas en la maro de suferoj. Li elvokas nur malestiman ridon.

§104
Se via konduto estas nesufiĉe kulturita kaj via interna koro ne havas la kapablon regi mondajn dezirojn, vi devas eviti la vulgaran socion, por ke via interna koro ne vidu aferojn, kiuj vekus

malnoblajn dezirojn kaj ĵetus konfuzon en vian menson. Tio tenos vin trankvila kaj pura, kaj liberigos vin de sopiroj. Kiam via konduto estas plene kulturita, kaj via interna koro havas la kapablon rezisti al mondaj tentoj, vi devas reveni al la socio, ĉar via interna koro ne pekos pro elmetiĝo al malnoblaj deziroj. Tio estas la maniero hardi vin por transpasi la regionon de pravo kaj malpravo, kaj liberigi vin de la katenoj de eksteraj aferoj.

§105
Tiuj, kiuj amas kvietecon kaj malamas bruon, ofte fuĝas de la homa mondo kaj serĉas izolitecon. Ili esperas eviti bruon, sed ili ne komprenas, ke tiele ili metas sin en staton de efektiva ekzisto, kiu povos kaŭzi novajn ĝenojn eĉ sen alies bruado. Sekve el tio oni povas vidi, ke se la homa interna koro penas alkroĉiĝi al la kvieteco, la peno mem estas la fonto de moviĝoj. Tiuokaze, kiel do oni povas kulturi la kapablon rigardi la aliajn kaj sin mem kiel identajn kaj forgesi ĉiujn distingojn inter moveco kaj senmoveco?

§106

Kiam oni vivas en la montoj, kun sia koro freŝa kaj senĝena, ĉio, al kio oni venas en kontakton, povas estigi belajn kaj elegantajn impresojn. Rigardado de liberaj nuboj kaj sovaĝaj gruoj povas stimuli sublimajn pensojn. Renkonto kun rivereto murmuranta en roka ravineto povas naski la intencon elpeli ĉiujn malpuraĵojn kiel el la korpo, tiel ankaŭ el la menso. Karesado al sabino[17] aŭ prunarbo povas tuj inundi min per ideoj pri morala honesteco. Kun mevoj kaj elafuroj[18] kiel kunuloj, ĉiuj postesignoj de intrigoj kaj malicaĵoj malaperas el la menso. Sed tuj kiam oni revenas al la banala mondo, oni trovas sin ne nur fremda al ĉiuj ĉi eksteraj aferoj, sed eĉ superflua por tiu ĉi mondo.

§107

Kiam bona humoro vin ekregas, nudapiede promenu senhaste en aroma herbaro. Tiam la sovaĝaj birdoj, forgesante ĉiajn homajn ruzaĵojn kaj perfidaĵojn, flugados kaj ludos ĉirkaŭ vi. Kiam vi kunfandiĝos kun via ĉirkaŭaĵo kaj sidos inter la falintaj petaloj dronante en viaj pensoj, kun via jako drapire sur viaj ŝultroj, la liberaj nuboj, kiuj

---

17) Sabino: ĉiamverda arbo; Sabina chinensis.
18) Elafuro: speco de mambesto; Elaphurus davidianus.

silente flosados super vi, kvazaŭ malinklinos foriĝi de vi.

§108

Feliĉo kaj malfeliĉo ambaŭ devenas el la menso. Sekve, laŭ budhisma instruo: "Deziro pri profito estas kiel furioza fajro, fajro pereiga. Droni en avido kaj avareco estas faligi sin en maron de suferoj. Sed la elvoko de eĉ unu ideo pri pureco kaj sinliberigo de deziro povas ŝanĝi la pereigan fajron en malvarmetan lageton, kaj la formiĝo de eĉ unu eta koncepto pri singardo kontraŭ avido povas ebligi eniron en la budhisman Paradizon." El tio oni povas vidi, ke eĉ tre eta ŝango en pensoj povas tuj ŝanĝi la mondon, en kiu ni nin trovas. Kiel do ni povus ne vigligi nian singardemon kontraŭ tio ĉi?

§109

Kiel streĉita ŝnuro segile tranĉrompas ŝtipon, tiel senĉesaj akvogutoj traboras ŝtonon. En la sama maniero tiu, kiu sekvas la Taŭon, devas konstante penadi en sia serĉado de la viv-esenco. Akvo nature fluas en kanalojn, kaj la maturiĝinta melono nature falas de la tigo. Sekve la persono, kiu deziras atingi la Taŭon, devas persisti en sinkulturado, kaj fine li havos sian deziron plenumita.

§110

Kiam mondaj intrigoj kaj malicaĵoj estas forpelitaj el la koro, tiam aperas klara luno kaj blovas printempa zefiro, kaj la vivo eniras en la regnon de la belo. - Ne estas necese rigardi la homan mondon kiel maron de suferoj. Se oni fortenas la koron de la vulgara mondo, tiam la bruado de ĉiutagaj aferoj ne plu estas aŭdata. - Ne estas necese iri kaj vivi kiel ermito en sovaĝaj montoj.

§111

Kiam vegetaĵoj estas velkintaj kaj mortintaj, novaj ŝosoj aperas en la lokoj, kie ili estis. Kiam la vintra sezono venas kaj ĉio ekstere fariĝas malvarma, la varma vetero sin preparas por reveni tiam, kiam la fragmita cindro[19)] moviĝados en bambuaj flutoj. Kiam la miriadoj da estaĵoj estas ŝlositaj en severa malvarmo, signoj de senĉesa

---

19) Fragmita cindro: La restaĵo de brulinta fragmitaj plantoj. En la antikva Ĉinio oni kutime metis fragmitan cindron en 12-tonajn flutojn kaj tenis ilin en fermita ĉambro por konstati la ŝanĝiĝojn de la vetero. Kiam la cindro en fluto dise flugis supren, se oni nur ĵetis rigardon al la fluto, en kiu fragmita cindro moviĝis, oni eksciis, ke okazas veterŝanĝo.

kreskado tamen ĉie montriĝas. El tio ni povas percepti la grandan favoron de la Naturo al la vivo.

§112
Rigardu montan pejzaĝon post pluvo, kaj vi trovos, ke ĝi aspektas aparte bele. Aŭskultu la sonon de sonorilo en profunda nokto silenta, kaj vi trovos, ke ĝi estas aparte klara kaj foren-atinga.

§113
Supreniro sur altan montopinton helpas al homo larĝigi sian mensan perspektivon; kontemplo al fluanta rivero helpas al liaj pensoj vagi malproksimen. Legado de libro en neĝa nokto helpas refreŝigi la spiriton. Plengorĝaj kriegoj de sur la montosupro plenigas homon per vigleco kaj senbrida braveco.

§114
Por persono kun grandanima koro, kiu estas libera de materialaj deziroj, abunda salajro ne pli valoras, ol rompita argila poto, dum al malgrandanima persono, kies koro estas inundita de materialaj deziroj, io maldika kiel haro ŝajnas

tiel granda, kiel rado de ĉaro.

§115

Same kiel la Naturo ne povas ekzisti sen la vento, la luno, floroj kaj salikoj, tiel la spiritohava korpo ne povas ekzisti sen emocioj, deziroj, preferoj kaj manioj. Tial, la homo devas regi eksterajn aferojn anstataŭ esti regata de ili, kaj nur tiam ĉiuj liaj deziroj estos inspirataj de la Ĉielo, kaj liaj banalaj pensoj estos levataj al la regno de la Budho.

§116

Nur tiu, kiu plene komprenas, ke lia korpo ne estas lia vera memo, povas lasi la miriadojn da estaĵoj disvolviĝi ĉiu laŭ sia propra naturo. Nur tiu, kiu redonas la mondon al la popolo de la mondo, povas transpasi la vulgaran mondon vivante en ĝi.

§117

Se la homa vivo estas tro senokupa, fremdaj ideoj neeviteble estiĝas kaj multiĝas. Se oni estas tro multeokupita, oni perdos sian naturan esencon. Tial, la nobla klerulo ne povas ne maltrankviliĝi pro eksteraj aferoj, kiuj minacas lian korpon kaj menson, kaj samtempe estas tute neeble al li ne droni en aprezado de la misteraj ĉarmoj de la Naturo.

§118

La homa koro ofte perdas sian originan puran esencon pro la tumultoj de la koro. Se, senigita je ĉiaj ĝenaj pensoj, vi sidas en plena silento kaj rigardas la senhaste flosadantajn nubojn, tiam via koro fariĝos senzorga kaj flosos kun ili malproksimen. Rigardante la pluvgutojn, vi havos la senton, ke via koro fariĝas refreŝigita kaj renovigita. Aŭskultante la kantojn de la birdoj, vi trovos vian koron hele lumigita. Fikse rigardante la falantajn florojn, vi spertos ian belan kaj kvietan senton, ke vi atingas plenan animtrankvilecon. Se tiel estos, kia loko do ne povos fariĝi Paradizo? Kaj kia afero do ne povos permesi al vi kompreni la subliman misteron?

§119

Kiam infano naskiĝas, la patrino spertas danĝeron; kiam ŝparitaj moneroj atingas sufiĉe grandan sumon, ili altiras avidan atenton de ŝtelisto. El tio ni povas vidi: kie estas io ĝojiga, tie ĉiam estas ankaŭ io maltrankviliga. Malriĉeco povas helpi kulturi ŝparemon, oftaj atakoj de malsano povas helpi instrui al ni prizorgi la korpon. El tio ni povas vidi: kie estas malfeliĉo, tie estas ankaŭ io, pro kio ni nin gratulas. Tial, la saĝa homo devas rigardi per kvietaj okuloj kiel la favorajn cirkonstancojn, tiel ankaŭ la malfavorajn, kaj esti tuŝita nek de ĝojo, nek de malĝojo.

§120

La oreloj klare aŭdas la sonon de fortega vento en la montogorĝoj. Sed tuj kiam pasas la ventoblovo, nenia sono estas plu aŭdata. Se ni aplikas tion ĉi al la demando pri pravo kaj malpravo en la mondo, tiam malaperas ĉiaj banalaj konceptoj kaj senbazaj onidiroj. Niaj plej internaj pensoj estas kiel la reflekto de la luno en akvo; ili malaperas tiel komplete, kiel la luno foriĝas el la akvo. En la sama maniero ni devas forigi ĉiajn distingojn inter nia memo kaj la eksteraj aferoj.

§121

Kiam la homa menso estas obsedata de la pensoj pri famo kaj profito, tiam kutime la mondo aperas kiel maro de suferoj. Certe vi ja devas scii, ke ĉio, kion vi devas fari, estas forpeli tiajn obsedantajn pensojn kaj admiri la belaĵojn de la naturo: la blankajn nubojn kaj verdajn montojn, la fluantajn riveretojn kaj la altegajn rokojn, la florantajn florojn kaj la pepantajn birdojn, kaj eĉ la kantojn de arbohakisto, kiuj eĥiĝas inter la montoj. Tiam vi ne plu sentos, ke la mondo estas loko plena nur de la bruoj de konkurado pri famo kaj profito. Tio, kion vi rigardis kiel maron de suferoj, ne plu estos tia, ĉar estis vi mem, kiu trudis al via koro tiajn afliktojn.

§122

Por aprezi florojn, observu ilin tiam, kiam ili estas duone dispetaliĝintaj. Por plezuriĝi en trinkado de vino, drinku nur ĝis duona ebriiĝo. Tio estas la maniero atingi plenan ĝuon. Se vi rigardas florojn en ilia plena florado brilkolora, aŭ drinkas ĝis plena ebriiĝo, tiam naskiĝas en vi abomena sento. Homoj, kiuj ĝuas riĉecon kaj honoron ĝis pleneco, devas profunde mediti pri tiu ĉi vero.

§123

Plantoj manĝeblaj, kiuj kreskas sur la montoj, ne estas prizorgataj de homoj. Sovaĝaj birdoj ne estas home bredataj. Tamen ilia gusto estas nesupereble bona. Se ni restos nemakulitaj de la vulgara mondo kaj ĝiaj kutimaĉoj, niaj naturoj estos tute diferencaj de tiuj de la grandnombraj ordinaruloj.

§124

Plantado de floroj kaj bambuoj, ludado kun gruoj kaj admirado al fiŝoj, tiaj aferoj ĉiuj devas esti faritaj en harmonio kun la vero de Budho, por ke la menso povu esti iluminata. Se oni nur ĝue rigardas per konfuzitaj okuloj la mirindajn belaĵojn de la Naturo, oni ne estos pli bona ol la pseŭdokonfuceano aŭ la falsa adepto de budhismo, kiu en sia serĉado de scioj konsideras la mondon nur kiel iluzian kaj havas nenian rimedon por la savo de la mondo. - Kian subliman misteron do oni povas trovi en tio ĉi?

§125

Kvankam la vivo de ermito estas simpla kaj severa, tamen ĝi estas plena de trankvilo kaj kontenteco. La kamparano en la sovaĝejo vivas en krudeco kaj malklereco, sed li konservas sian propran naturon en perfekta stato. Se ermito rezignus sian ermitan vivon kaj revenus al la ĉiutaga klopodado de la ordinaraj homoj, li fariĝus bazara fikomercisto. - Tiam por li estus pli bone morti en la sovaĝejo, kie liaj animo kaj korpo konservus sian purecon.

§126

Kiam persono ĝuas plian feliĉon ol li meritas, kaj ricevas pli da mono, ol kiom li perlaboras, tio estas aŭ logaĵo de la Naturo aŭ insido aranĝita de la banala mondo por konduki lin al malfeliĉo. Se li ne estas aparte singarda ĉi-rilate, li apenaŭ evitas fali en alies artifikojn en tiu ĉi maniero.

§127

La homa vivo estas kiel marionetoludo; se nur la fadenoj ne estas interimplikitaj kaj vi mem estas en libera regado de tiuj fadenoj, tiam vi estas la mastro de la direktado de via propra vivo, sen la plej eta manipulado de iu ajn alia, kaj povas eskapi el la katenoj de la vulgara mondo.

§128

Kiam avantaĝo aperas, estiĝas ankaŭ malavantaĝo. Tial oni ofte rigardas sindetenon de agado kiel feliĉon. Antikvaj versoj legiĝas: "Mi konsilus al vi eviti diskuton pri militado kaj akiro de feŭdo, ĉar la reputacio de unu generalo estas farita el dek mil kadavroj." Kaj: "Se nur paco kaj prospero povus veni al la Imperio, ne estus domaĝe, ke la glavo rustiĝus en sia ingo dum mil jaroj." Legante tiujn ĉi versojn, eĉ brava kaj fajrokaraktera persono ne povus ne senti sian koron afliktita kaj malvarmiĝinta kiel glaciiĝinta akvo.

§129

Lasciva virino povas ŝajnigi penton pri sia facilmora vivmaniero kaj fariĝi bonzino. Homo, kiu ĉasis famon kaj riĉecon dum sia vivo, povas seniluziiĝi kaj retiriĝi al taŭista templo. Sekve, la budhismaj kaj taŭismaj sanktejoj, kiuj estas for de la vulgara mondo, povas fariĝi rifuĝejoj por malvirtuloj.

§130

Kiam la ondegoj leviĝas ĝis la ĉielo, la homoj interne de la ŝipo restas trankvilaj, dum la homoj ekstere estas teruritaj. Kiam insulta bruego eksplodas ĉe festeno, tiuj, kiuj sidas en la festena ĉambro, tute ne estas alarmitaj, dum la homoj eksteraj estas kaptitaj de konsterno. Sekve, la noblulo devas direkti sian menson ekster la situacion, en kiu li troviĝas.

§131

Malpliigante siajn agadojn, oni pliigas sian kapablon transpasi la vulgaran mondon. Ekzemple: malvastigante la rondojn de siaj amikoj, oni evitigas al si tien-reen-iradon; fariĝinte malparolema, oni reduktas siajn okazojn fari erarojn; ŝparante al si pensadon, oni ne eluzas sian spiriton; kaj malakrigante siajn orelojn kaj okulojn, oni evitigas al si mokojn kaj humiliĝojn. Tial tiuj, kiuj ĉiutage penas pliigi siajn agadojn anstataŭ ilin redukti, ja forĝas al si katenojn!

§132

Estas facile eviti la varmon kaj malvarmon de la sezonoj, kiuj faras siajn ciklojn, sed estas malfacile elradikigi la nekonstantecon de interhomaj rilatoj, ĉar, eĉ se ĝi estus forigita, la rankoraj sentoj en nia koro kontraŭ aliaj tamen estus malfacile forigeblaj. Se ni vere povus sukcese forpeli ĉiujn tiajn sentojn, tiam nia tuta memo estus plenigita de afableco, kiu kvazaŭ la printempa spiro blovus super la tuta Tero, karesante la miriadojn da estaĵoj.

§133

Trinkante teon, oni ne donu atenton al la

rafiniteco de la teo; grave estas, ke oni certigu, ke la tekruĉo neniam estas seka kaj en ĝi ĉiam estas teo trinkebla. Trinkante vinon, oni ne donu atenton al ĝia gusto; grave estas, ke oni certigu, ke la vintaso neniam estas malplena kaj en ĝi ĉiam estas vino trinkebla. Neornamita liuto, eĉ se ĝiaj kordoj ne estas tiel bonaj, povas eligi tonon perfekte agrablan, kaj simpla fluto, eĉ se ĝiaj truoj ne estas tiel normaj, povas aŭdigi melodion rave belan. Sekve, kvankam estus malfacile atingi tian sendezirecon, kia ekzistis antaŭ la tempo de Fux i[20], tamen metante sin en la harmoniecon kun la Naturo, oni povus atingi la nivelon de Ji Kang kaj Ruan Ji[21].

§134

Laŭ budhismo oni devas sekvi la karmon, nome akcepti, kion la tempo kaj cirkonstancoj alportas; konfuceismo instruas, ke oni devas kontentiĝi pri sia okupita pozicio. Tiuj ĉi du principoj estas la

---

20) Fuxi: Legenda reganto en la antikva Ĉinio. Antaŭ lia naskiĝo, homoj adoris naturecon, havante nek aspirojn, nek sentojn ĝojajn aŭ malĝojajn, kaj sciante nek serĉi feliĉon, nek eviti malbonojn en la vivo.

21) Ji Kang kaj Ruan Ji: Du el la "Sep Induloj de la Bambuaro" en la Periodo de Tri Regnoj. Ji Kang, fakulo pri liutoludo, rekomendis revenon al la natureco. Ruan Ji, kiu iam tenis superan militan pozicion, poste iris vivi kiel ermito en izoliteco.

savzonoj, kiuj ebligas al homoj transpasi la maron de suferoj. La vojoj de la vulgara mondo estas vastaj kaj longaj; serĉi perfektiĝon inter eksteraj aferoj estas veki multegon da deziroj. Se oni povas adapti sin al ia ajn situacio, kiu aperas, tiam kien ajn oni iros, oni trovos kontentecon.

Pri esperanta tradukinto

王崇芳(WANG Chongfang): 1936~

"...Mi hazarde ekkonis Esperanton. Ĝi tuj altiris min per sia "interna ideo". Zamenhof estis judo ordinara, sed li havis koron plenan de homamo, kiu instigis lin krei Esperanton kaj dediĉi sian tutan vivon al la disvastigo kaj aplikado de ĝi, kio akirigis al li universalan respekton de la esperantistaro..."

S-ano WANG Chongfang naskiĝis la 30an de junio 1936 en Zhenjiang, Ĉinio. Emerita mezlerneja instruisto. Ekkonis Esperanton en 1953 kaj esperantistiĝis en 1957. Esperantigis Kamelon Ŝjangzi, Analektojn de Konfuceo, Profilon de Zhou Enlai, Ĉinan Ceramikon, Da De Jing de Laŭzi kaj aliajn librojn. Kompilinto de Granda Vortaro Ĉina-Esperanta kaj Granda Vortaro Esperanto-Ĉina.

Letero el Ĉinio

Al koreaj legantoj de la Esperanta traduko de Cai Gen Tan aŭ Maĉado de Saĝoradikoj

Mia amiko Ombro-JANG(張祯烈) informis min, ke la ĉefo de la eldonejo Azalea en Seŭlo deziras eldoni mian modestan Esperantan tradukon de Cai Gen Tan, ĉar multaj el la koreaj esperantistoj ŝatus legi ĝin libroforme. Kun granda ĝojo mi senprokraste sendis per-rete la dosieron de la tuta teksto de mia traduko.

Ĉinio kaj Koreio estas tujproksimaj najbaroj en intimeco, kaj niaj du landoj havis kaj havas multon komunan en kulturo kaj moroj. Ekde la antikveco niaj du popoloj ĉiam estas en tre intimaj rilatoj.

Mi ankoraŭ klare memoras, ke tiel frue kiel antaŭ pli ol 20 jaroj iu el miaj ĉinaj esperantistoj-amikoj transsendis al mi ret-leteron de LEE(李種永), la eksprezidanto de UEA, en kiu li skribis: "Fakte 5 espersntistoj en nia urbo ĉiu mardo vespere kunsidas por studi vian "Analektoj de Konfuceo", komparante ĝin kun la originalo. Nun ni estas en ĉapitro 12, kaj estas tre interesa. Ni elprenas ĉiumonate interesajn dirojn el la libro kaj publikigas ilin, kune kun la originalon, sur la organo de Korea Esperanto-Asocio." La mesaĝo treege ĝojigis min.

Mi havis la feliĉon persone renkontiĝi kun la karmemora s-ro LEE en la Nankina Universitato, kie li estis invitita doni prelegon pri ekonomiko. Profitante la okazon li intervidiĝis kun parto de la esperantistoj de la provinco Jiangsu, kiuj tiam koincide kunvenis en Nankino por simpozio. Dum la intervidiĝo li faris al ni paroladon kaj menciis interalie la fakteton, ke en la Esperanta kongreso okazinta en Aŭstralio li estis invitita doni prelegon en Esperanto pri ekonomiko, en kiu li citis plurajn dirojn de Konfuceo koncernantajn ekonomikon el mia traduko de Analektoj de Konfuceo, kiun li sukcese havigis al si ĝustatempe. Baldaŭ poste, reveninte al la lando, li zorge elektis el mia traduko parton de la diroj de Konfuceo kaj kompilis la libron Elektitaj Analektoj de Konfuceo (論語要解 李種永編注) por publikigo. La erudicio kaj la modesteco de s-ro LEE forte impresis min kaj vekis en mi profundan respekton al li.

Mi, kiel ĉino, tre fieras pri la ĉina riĉa kultura heredaĵo, kiun postlasis al ni niaj prapatroj. Mi amas la ĉinan tradician kulturon kaj la saĝecon de la majstroj de la diversaj pensoskoloj, precipe la klasikaĵojn de Konfuceo, Laŭzi kaj aliaj ĉinaj saĝuloj. Mi ĉiam havas la opinion, ke ilia saĝeco apartenas ne nur al la ĉinoj, sed ankaŭ al la tuta homaro, kaj iliaj libroj devus havi sian Esperantan tradukon. Jen kial mi entreprenis la tradukadon de pluraj el la plej gravaj antikvaj verkoj.

Se tiuj miaj tradukoj interesos koreajn legemulojn, tre volonte mi dediĉos ilin al vi ĉiuj, karaj koreaj legemuloj, absolute sen rezervo. Tio estos por mi granda plezuro.

Amike,
WANG Chongfang